三围一联围棋教程

（中）

冯地山　刘洋　著

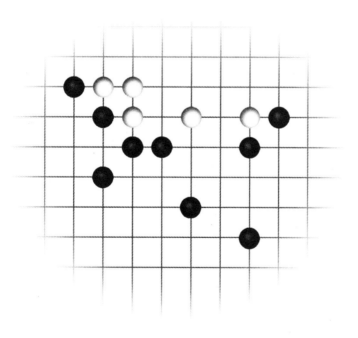

中国财富出版社有限公司

图书在版编目（CIP）数据

三围一联围棋教程. 中 / 冯地山，刘洋著. —北京：中国财富出版社有限公司，2023.8

ISBN 978-7-5047-7974-8

I . ①三… II . ①冯… ②刘… III . ①围棋—教材 IV . ① G891.3

中国国家版本馆 CIP 数据核字（2023）第 157994 号

策划编辑	张彩霞	**责任编辑**	张红燕　李小红	**版权编辑**	李　洋
责任印制	梁　凡	**责任校对**	张营营	**责任发行**	杨恩磊

出版发行	中国财富出版社有限公司		
社　　址	北京市丰台区南四环西路 188 号 5 区 20 楼	**邮政编码**	100070
电　　话	010-52227588 转 2098（发行部）		010-52227588 转 321（总编室）
	010-52227566（24 小时读者服务）		010-52227588 转 305（质检部）
网　　址	http://wwwcfpress. com.cn	**排　　版**	诸城亮点广告有限公司
经　　销	新华书店	**印　　刷**	潍坊鑫意达印业有限公司
书　　号	ISBN 978-7-5047-7974-8/G•0795		
开　　本	710mm×1000mm 1/16	**版　　次**	2023 年 9 月第 1 版
印　　张	34	**印　　次**	2023 年 9 月第 1 次印刷
字　　数	353 千字	**定　　价**	98.00 元（全 3 册）

序　言

围棋是中华民族宝贵的文化遗产，是人类文明的重要载体。围棋是学习如何"赢"的技术，也是陶冶性灵、涵养气质、完善人格的首选方式。

正所谓"古今豪杰辈，谋略正类棋"。历史记载的许多帝王将相、文人雅士都是围棋高手，今天，围棋已成为很多有志之士的高雅追求。他们借助"对弈"这种"头脑体操"拓展战略思维、提高智识层次，通过"对弈"这类"沙盘推演"砥砺意志、提升博弈能力。但，若仅仅将围棋理解为"竞争"亦不全面，围棋作为天地之道，更崇尚和谐。那些灿若晨星的围棋大师，在风云变幻的棋局中，面对来势凶猛的"截杀"，和风细雨般"腾挪闪移"，自由挥洒，举手弹指间，于广袤的世界里谋求身体与灵魂、自己与他人、个体与自然的和谐。一千个人眼里有一千局棋，也许，这正是围棋的魅力。

教育部、国家体育总局 2001 年下发了《关于在学校开展"围棋、国际象棋、象棋"三项棋类活动的通知》，这极大推进了围棋教育普及工作，让围棋走进千千万万青少年的世界。2022 年高考作文(全国新高考Ⅰ卷)让考生以围棋术语"本手、妙手、俗手"为素材立意作文，体现了了解围棋文化、提升围棋素养对于当代青年的重要性。

当前，围棋在新时代正展现出盎然勃发的生命力，各种围棋类书籍如雨后春笋般应势而生。目前，主流围棋书籍大致分为两类：一类由知名专业棋手编写，严谨精密，注重专业技能的提升；另一类由从事一线教学的围棋爱好者编写，简明活泼，突出趣味性和普及性。这两类书籍皆为推进我国围棋教育事业作出了显著贡献。

随着围棋教育的迅速开展，人们对相关教材的思想性、系统性、实操性的要求愈来愈高。肩负发展围棋事业的强烈责任感、使命感，我们挖掘、反思、梳理、归纳20余年围棋教学实践中的得失利弊，去粗取精，充分论证，大胆尝试，推出了这套《三围一联围棋教程》。

这套教材贯穿着一条主线：下围棋就是对弈双方以围地更多为战略目的，通过一系列战略运筹和战术配合，采取精准的战役手段来实现各阶段、各局部之目标并取得最终胜利。沿着这条主线，《三围一联围棋教程》构建了一个简明扼要、系统清晰的逻辑框架，让那些初次接触围棋的人也能对围棋知识的全貌一目了然，对为什么要学、学什么、怎样学做到心中有数。这套教材是一张通往"围棋天地"的引路地图！

在教材前面我们提供了课程逻辑思维导图和教学顺序列表，教师在教学中对先讲哪些、后讲哪些可以了然于胸，既有纲目性的指引，又给予教师灵活发挥的广阔空间。教材开辟"对局展示"和"对局简评"专栏，记录学员学棋成长的每一步历程，有助于使用者温习过往课业，及时了解自己的学习进度。本套教材注重包容，使用者可以合纵连横，与各种风格的围棋教材补充使用。

"人间存弈道，烟雨总天晴。"回望 20 余年与围棋相伴的日日夜夜，内心充满了无限感慨，但更多的是感恩。在教材即将付梓之际，我们感谢围棋界同人、广大围棋爱好者对我们的提携、帮助与肯定。

感谢聂卫平老师、曹大元老师和华学明老师，在诸城的时间，他们给了我们高屋建瓴的指引。

感谢湖北省体育局棋牌运动管理中心的谭东旗主任，2011 年我们有幸在武汉受教于他关于围棋作为竞技教育、文化艺术的讲话，坚定了我们回归围棋教育本原的信心。

感谢来自全国各地广大围棋爱好者的大力支持，这些是我们矢志不渝推广围棋教育的不竭动力！

尽管我们在这套教材上倾注了大量心血，仍不免挂一漏万。恳请方家、使用者提出宝贵意见，以便后续完善。

冯地山

2023 年 8 月

三围一联围棋教程 逻辑思维导图

围吃 战术手段

吃子方法
- 打吃、长、提、禁入点
- 常用吃子方法
- 劫争与打二还一
- 滚打与包收

死活常识
- 眼与活棋
- 死活基本型
- 做眼与破眼
- 死活计算

对杀常识
- 双方无眼的对杀
- 有眼和无眼的对杀
- 双方有眼的对杀
- 长气的方法

要子与废子
- 棋筋
- 弃子整形
- 弃子转换和取势
- 弃子争先

围地 战略目的

围地常识
- ★ 金角银边和三线四线
- ★ 占角的位置和边的发展
- ★ 行棋基本步法
- ★ 布局常识

常用定式
- ★ 星定式
- ★ 小目定式
- ★ 三三定式
- ★ 高目与目外定式

常用布局
- ★ 中国流布局的攻防
- ★ 三连星布局的攻防
- ★ 对角布局的攻防
- ★ AI 对传统布局思路的启发

官子常识
- ★ 官子的类型
- ★ 官子的计算
- ★ 官子的手筋
- ★ 收官的次序

围攻
战略运筹

- 判断与定位
  - ◆ 大小与缓急
  - ◆ 形势判断
  - ◆ 攻击与防守
  - ◆ 打入与侵消
- 作战的方法
  - ◆ 接触战常识
  - ◆ 出头与封锁
  - ◆ 攻击的方法
  - ◆ 攻防的手筋
- 作战的目的
  - ◆ 攻击围空
  - ◆ 攻击扩张
  - ◆ 以攻为守
  - ◆ 牵制与压迫
- 作战的时机
  - ◆ 前期准备和试应手
  - ◆ 局部与全局得失判断
  - ◆ 行棋次序和攻防节奏
  - ◆ 保留余味和后续手段

联络分断
战术配合

- 连接与切断
- 联络的方法
- 分断的方法
- 选择与配合

三围一联围棋教学顺序

入门班：

1. 围棋基本规则（打吃、长、提、禁入点）

2. 常用吃子方法

3. 连接与切断

4. 眼与活棋

教练 _____ 年 月 日

初级班：

1. 劫争与打二还一

2. 死活基本型

3. 做眼与破眼

4. 围地常识

教练 _____ 年 月 日

中级班：

1. 对杀常识

2. 要子与废子

3. 滚打与包收

4. 常用定式

教练 _____ 年 月 日

三围一联围棋教学顺序

高级班：

1. 布局攻防
2. 联络分断
3. 死活计算
4. 官子常识

教练 _____ 年 月 日

高段班（3段及以上）：

1. 判断与定位
2. 作战的目的
3. 作战的方法
4. 作战的时机

教练 _____ 年 月 日

目 录（中册）

三围一联之围地→战略目的

三围一联之联络分断→战术配合

三围一联之围地→战略目的

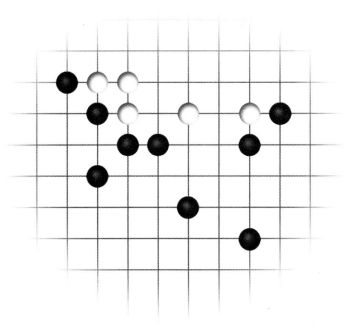

第一章 围地常识

第1节 金角银边和三线四线

例题图1

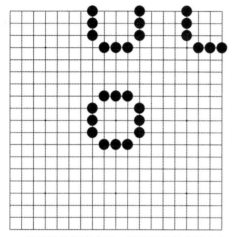

从围地的角度来讲，棋子围住的交叉点也称为"目"。

如图，以围住9目为例，同样的效果，角上用6颗子，边上需要用9颗子，而中腹需要用12颗子。由此说明在围"目"这方面角上效率最高，边上其次，中腹再其次。

例题图2

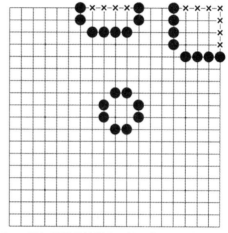

用相同数量的棋子围地，角上围到16目，边上围到8目，而中腹只围到4目。这就像盖房子，角上已有×标记的两道墙壁，边上有×标记的一道墙壁，而中腹四面漏风。

例题图3

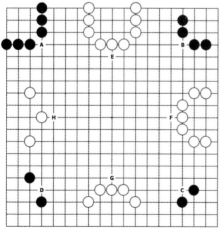

围住地盘所花费的子力越少效率就越高，如图黑A、B、C、D四个角部以及白E、F、G、H四个边部围地的子力各不相同，其中就有效率高低之分。

例题图4

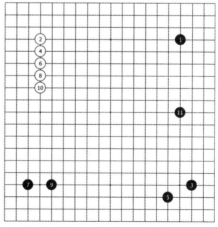

像白棋这样一个挨着一个地围地是来不及的，如图黑白双方的围地效率差别巨大。

例题图 5

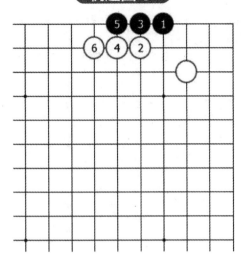

棋盘上最边缘的一线常被称为"死亡线"。

如图，黑1在棋盘最边缘的一线行棋。白2进攻，以下黑棋在一线行棋，既围不到目，又没有出路，等着黑棋的只有死亡，故称为"死亡线"。

例题图 6

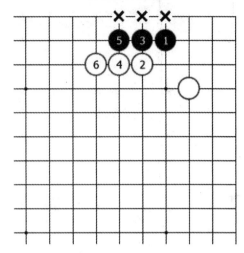

棋盘上的二线常被称为"失败线"。

如图，黑1在二线行棋，白2进攻，以下黑棋在二线行棋，即便可以活棋，围到的×目也很少。白棋通过压迫黑棋在外围形成势力，黑棋很不满意，故称为"失败线"。

例题图 7

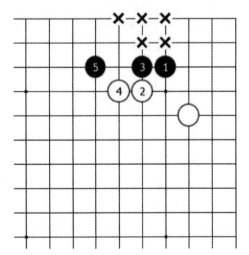

棋盘上的三线常被称为"地域线"或"实利线"。

如图，黑1在三线行棋，白2来压迫黑棋，以下至黑5，黑棋围到了一些×目，故称为"地域线"。因其能够获取一定的实利，故而也称为"实利线"。

例题图 8

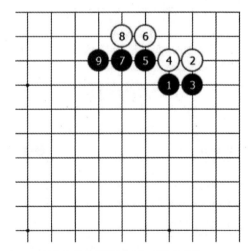

棋盘上的四线常被称为"势力线"。

如图，黑1在四线行棋，白2有机会夺取黑地，但黑3以下可形成势力，故称为"势力线"。

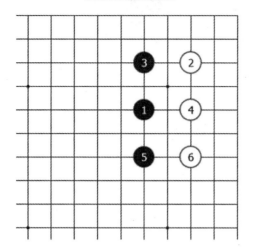

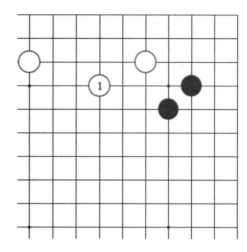

　　棋盘上的五线及以上较为空虚。如图，黑1在五线行棋不易掌握，白2以下可以轻松夺取黑地。

　　三线重于地，四线重于势，各有所长。理想的阵型是三线四线高低搭配，相互取长补短。如图，白棋在三线已有两子，白1在四线行棋，与三线两子高低配合，是理想的阵型。

小结：
　　1. 开局方向：先角后边次中腹，金角、银边、草肚皮。
　　2. 落子位置：三线四线最适宜，高低配合围地多。

第2节 占角的位置和边的发展

例题图 1

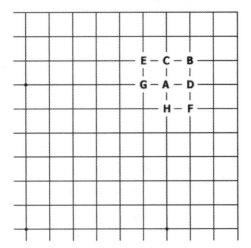

占角的位置介绍：

A位称为"星"，B位称为"三·三"，C或D位称为"小目"，E或F位称为"目外"，G或H位称为"高目"。以上占角方法各有所长，可根据情况做选择。

例题图 2

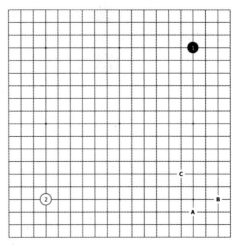

黑先，A、B、C三点如何选择?

正解图

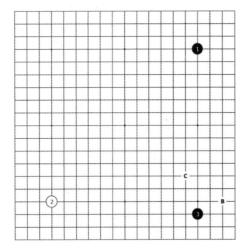

黑3位占角，称为"小目"，B点在二线位置低且围目少。C点在五线位置空虚易被侵袭。

例题图 3

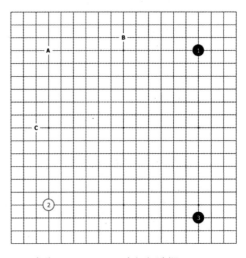

白先，A、B、C三点如何选择?

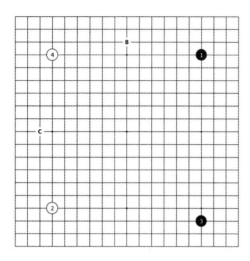

白4占据角部的"星位"，B点与C点在边上，通常布局的原则是先角后边。

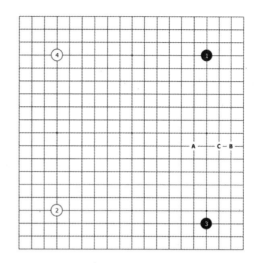

黑先，A、B、C三点如何选择?

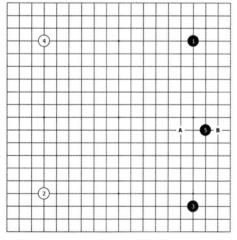

四个角已被占领，黑5过渡到边上三线，与黑1、黑3形成配合。A点在五线，位置空虚，易被侵袭。B点在二线位置低。

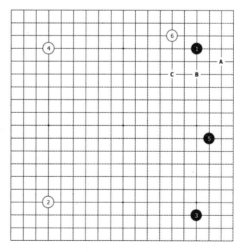

黑先，A、B、C三点如何选择?

正解图

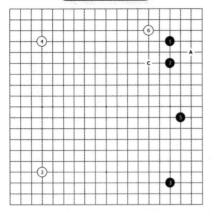

黑7在四线行棋，与三线的黑5形成高低配合。A点在二线位置低、围目少。C点在五线位置空虚，易被侵袭。

正解图

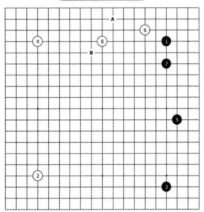

白8在边上四线的星位行棋，与白4、白6配合围地。A点在二线位置低，围目少。B点在五线位置空虚，易被侵袭。

正解图

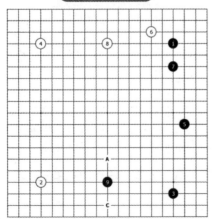

黑9在边上四线的星位行棋，扩大了右边的规模。A点在五线位置空虚，易被侵袭。C点在二线位置低。

例题图 6

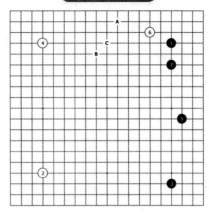

黑先，A、B、C三点如何选择？

例题图 7

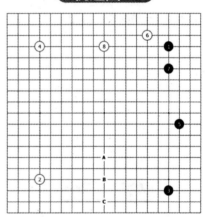

黑先，A、B、C三点如何选择？

第3节 行棋基本步法

例题图1

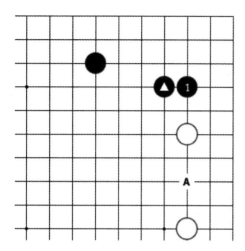

与原有棋子并排行棋的步伐称为"并"。

"并"是坚实的下法，因此常用于防守。如图，黑1与△黑棋并在一起，确保了角部的实地，还瞄着以后A位的打入。

例题图2

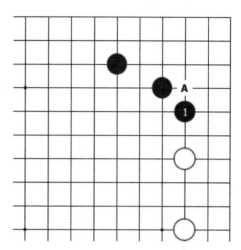

在原有棋子的对角交叉点处行棋的步伐称为"尖"。"尖"的特点与"并"相近，很坚实，常用于防守和后发制人。

如图，黑1尖，加强角部。本图的棋形，黑1如果在A位并显得子力重复。

例题图3

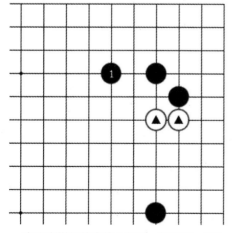

在原有棋子的直线上间隔一路行棋，称为"跳"。

"跳"的行棋步伐较快且具有发展性。如图，黑1跳，发展上方黑棋的同时，还对▲白棋产生了压力。

例题图4

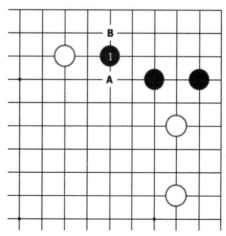

在原有棋子呈"日"字形的对角交叉点处行棋称为"飞"。"飞"的特点与"跳"相近，飞是斜线行棋，方向要特别注意。

本图黑1飞扩大并加固了角部，黑1如果在A位跳，白可以在B位飞破坏黑地。

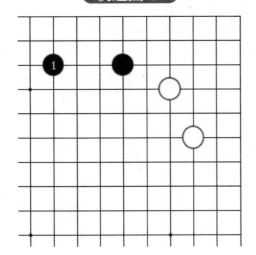

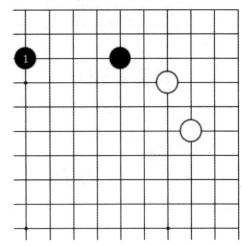

以原有棋子为基础，往边上间隔开拓行棋的步伐称为"拆"。

"拆"与其他行棋步伐相比，和己方的棋子间距要宽一些，具体的宽度应根据情况做选择。

如图，黑1往边上展开，与原有黑棋间隔两路（间隔两个交叉点），称为"拆二"，由此一手为黑棋建立了根据地。

本图黑1拆，与原有黑棋间隔三路，称为"拆三"。

拆三与拆二各有所长，拆二步伐慢但坚实。拆三步伐快但稍薄。

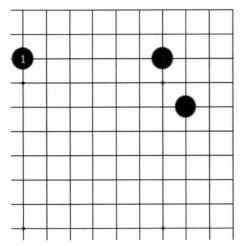

本图右边黑棋很强，黑1可以在边上拆得更宽，以扩大阵势。

小结：并、尖、跳、飞、拆的行棋步伐各有所长，合理地运用才能充分发挥作用。

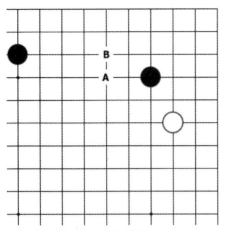

黑先，A、B两点如何选择？

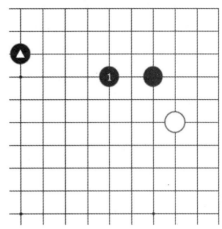

黑1在四线跳，与边上△三线黑棋形成高低配合。

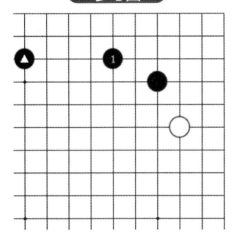

黑1在三线飞，边上△黑棋已是三线，黑棋阵营扁平。

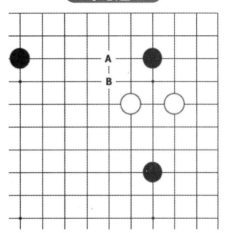

黑先，A、B两点如何选择？

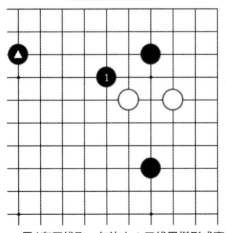

黑1在四线飞，与边上△三线黑棋形成高低配合。

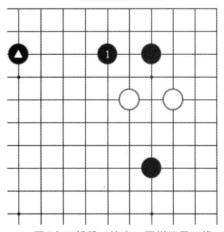

黑1在三线跳，边上△黑棋已是三线，黑棋阵营扁平。

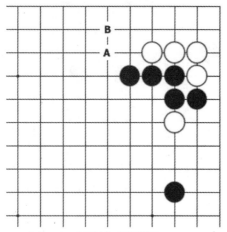

白先，A、B两点如何选择？

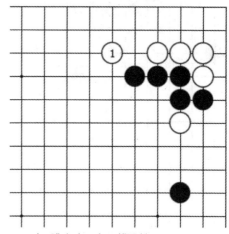

白1跳出头，在三线围地。

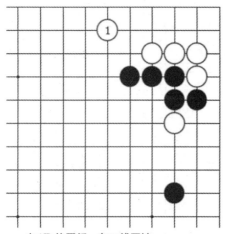

白1飞位置低，在二线围地。

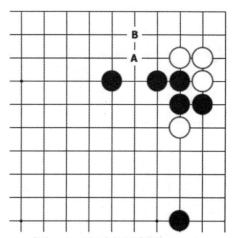

白先，A、B两点如何选择？

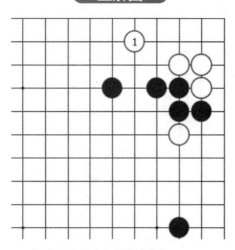

白1飞，与角上白棋保持联络。

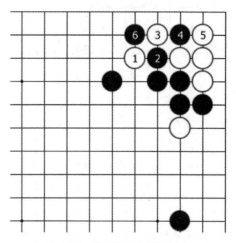

白1如果跳，黑2以下可分断白棋。

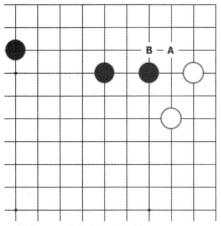

黑先，A、B两点如何选择？

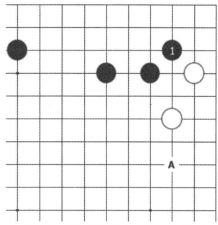

黑1尖，占据角部要点，下一步准备在A位攻击白棋。

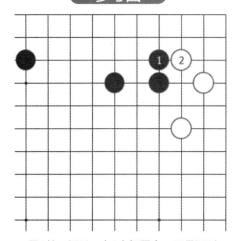

黑1并，缓手，白2占据要点，已是活形。

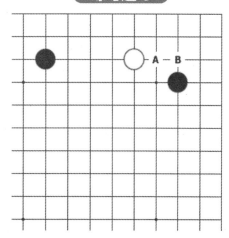

黑先，A、B两点如何选择？

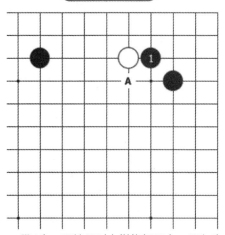

黑1尖，围地且对白棋施加压力，下一步准备A位虎。

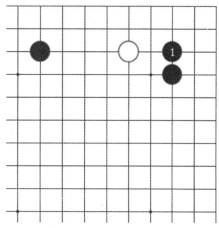

黑1并，对白棋缺少压力。

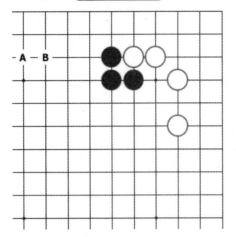

黑先，A、B两点如何选择?

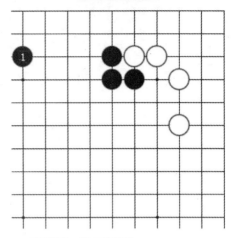

黑1拆三，建立根据地。

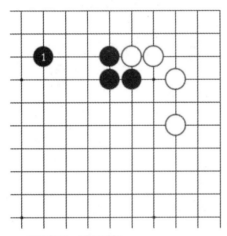

黑1拆二，棋形重复。

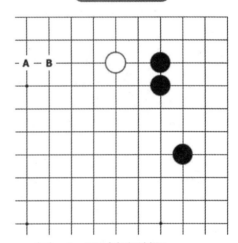

白先，A、B两点如何选择?

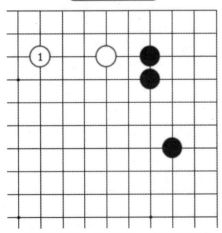

黑棋很坚实，棋谚有云："彼强自保"，白1拆二稳健。

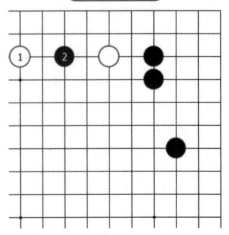

白1如果拆三，黑2打入严厉。

练习题 9

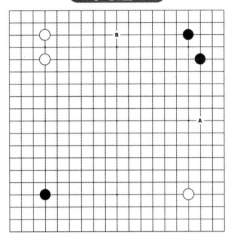

黑先，A、B两点如何选择?

正解图

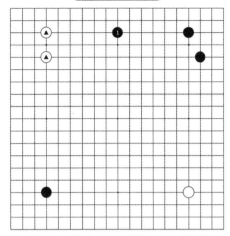

黑1拆，发展右上角黑棋，同时限制▲白棋的发展。

参考图

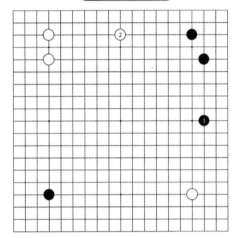

黑如果1位拆，白2拆边发展左上角的同时限制黑棋右上的发展。

第4节 布局常识

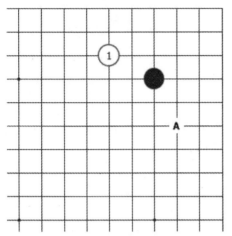

在对方占角的棋子附近行棋通常称为"挂角"。

如图，白1接近占据星位的黑棋叫做挂角，也叫小飞挂角。白1小飞挂角的位置是：纵六线，横三线。另一个小飞挂角的位置在A位（纵三线，横六线）。小飞挂角的坐标位置是"三·六"，进可取角，退可拆边。

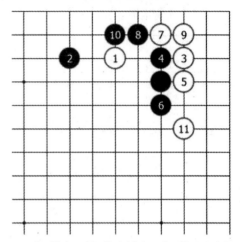

白1挂角，黑2若攻过来，白3以下可夺取黑角。

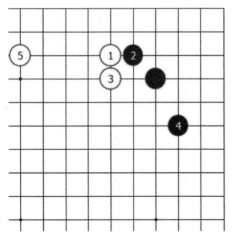

白1挂角，黑2若强化角部，白3以下可拆到边上发展。

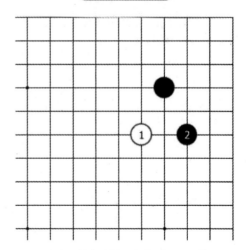

星位小飞挂角的位置是指"三·六"，白1看似也是小飞挂角，但它位置不在"三·六"，黑2应，白1过于漂浮。

例题图 5

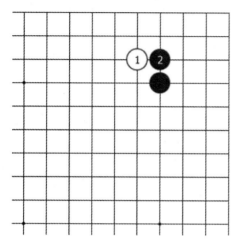

挂角是规范的行棋步伐，随意地接近角部不能称为挂角。白若1位接近黑角，黑2挡，白1自身受伤，且黑角得到巩固。

例题图 6

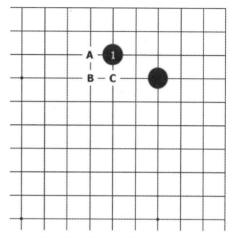

在己方占角的棋子附近行棋，通常称为"守角"。

如图，黑1加强己方角部叫做"守角"，也称为"小飞守角"。除了黑1小飞守角，根据情况，也可在A、B、C等位置守角。

例题图 7

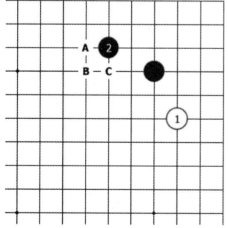

对于白1挂角，黑棋仍在2位或A、B、C等位置守角，是常见的应对手法。

例题图 8

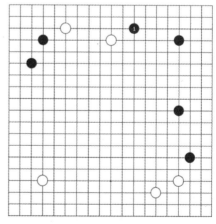

行棋步伐有规律可循，接近对方角部以小飞挂为常见，接近对方边部四线棋子时，仍以小飞挂为常见。

如图，黑1以小飞挂的形态逼近边上白棋，为常见的行棋步伐。

例题图 8-1

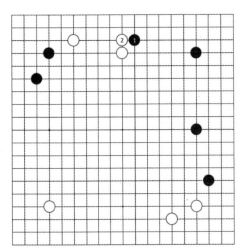

黑若走1位，被白2挡，白棋形坚实，黑1自身受伤。

例题图 8-2

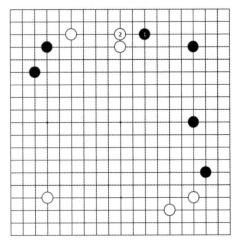

黑1小飞挂，白棋如果仍走2位，黑1子没有受伤，这是黑1小飞挂的原因之一。

例题图 8-3

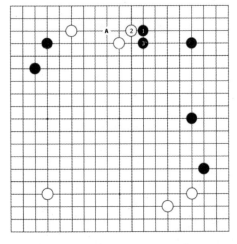

黑1小飞挂，白2如果要贴近黑棋，黑3长，黑棋得到强化，白棋留有A位的弱点。

例题图 8-4

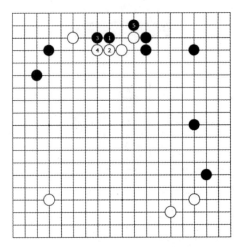

黑1点是白棋的弱点，白2如果封锁黑棋，至黑5，黑棋取得联络，白棋实地遭到破坏。

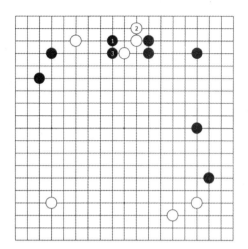

白2如果阻止黑棋联络，黑3长，白棋被分成两块，陷入苦战。

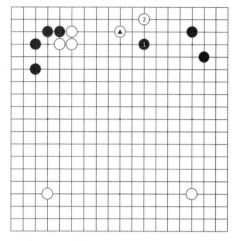

本图黑1貌似也是小飞挂，但▲白棋在三线，黑1时，白2小飞可以搜刮黑棋的地盘。

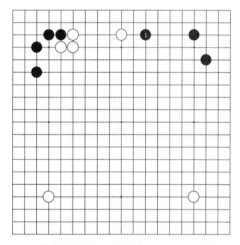

黑棋想把地盘围得扎实，黑1可以走在三线。

小结：
1. 星位挂角，以"三·六"小飞挂为常见。
2. 拆边时可根据需要选择高拆或低拆。

对局展示

黑方： _____   时间： _____

白方： _____

胜负： _____

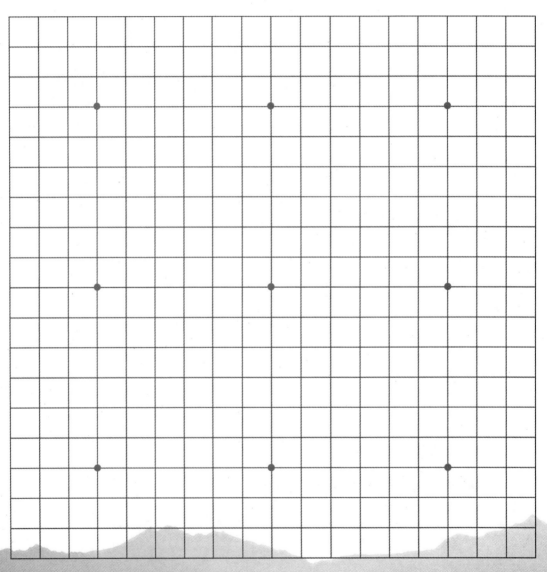

打劫记录：

对局简评

技术层面

心理层面

思维层面

认知提升

成长感悟

第二章 常用定式

第1节 星定式

传统定式之星 · 小飞挂 · 压长

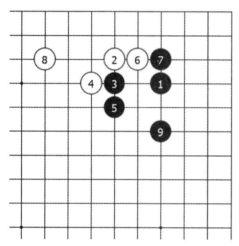

黑1星位，白2挂角，黑3、5压长重视势力，以下进行至黑9为一型。

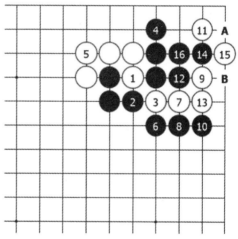

白若1、3冲断，黑4立是冷静的好棋，白5补断，如图进行至黑16，A、B两点黑棋见合，对杀，黑胜。

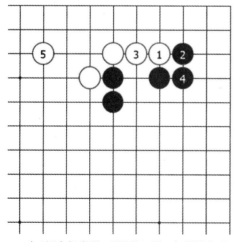

白1托也很常见，黑2是正手，如图进行至白5为一型。

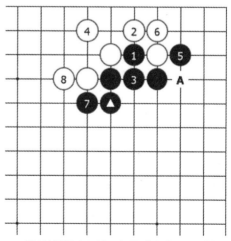

黑1挖是场合下法，如图进行白8，黑棋留有A位断点，且△黑子也是愚型，局部是白棋有利。

传统定式之星 · 小飞挂 · 一间低夹 · 点三三

基本图 1

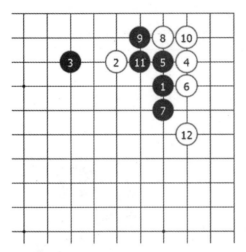

　　黑1星位，白2挂角，黑3一间夹，白4点三三是常见的对策，如图进行至白12为一型。

变化图 1

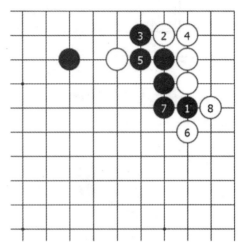

　　黑1扳不好，白2、4扳粘后再白6夹是手筋，至白8，黑棋相当于在定式的基础上做了黑1冲的俗手交换，结果白棋有利。

变化图 2

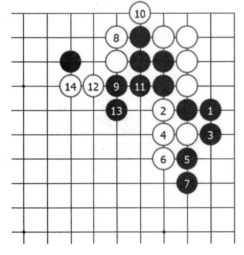

　　黑若1位冲下，白2断，以下进行至白14，作战，白棋有利。

变化图 3

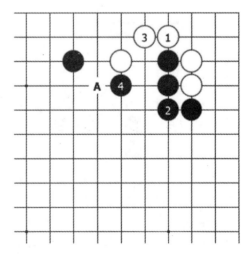

　　白1时，黑若2位粘，至黑4，白棋留有A位扳的手段，黑棋不利。

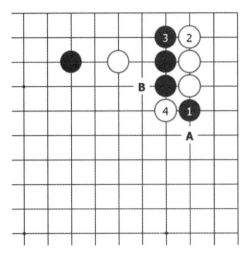

　　黑1时，白2立是诱招，黑3中计，白4断将A、B两点视为必得其一，黑棋崩溃。

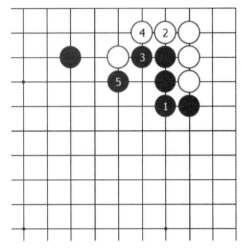

　　黑1粘是冷静的好棋，如图进行至黑5，黑棋厚实。

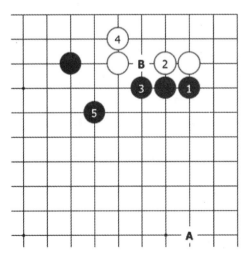

　　当边上A位一带有黑棋时，黑1挡是一种选择，白2联络，黑3位是要点，白4防B位断点，黑5飞封锁为一型。

传统定式之星 · 小飞挂 · 一间低夹 · 跳

基本图

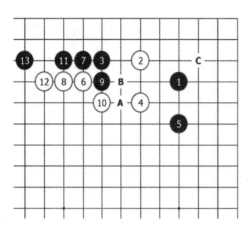

如图，黑1星位，白2挂角，黑3一间夹，白4跳是一种选择，意在把棋走在外面，如图进行至黑13为一型，之后白可考虑A、B补棋，也可C位点三三或脱先。

变化图1

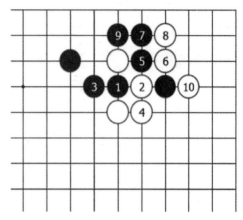

黑1挖是不能成立的，如图进行至白10，转换结果黑棋大损。

变化图2

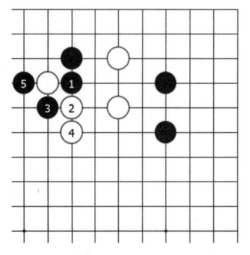

黑1、3冲断也有可能，白4退软弱，黑5吃住白子可以满意。

变化图3

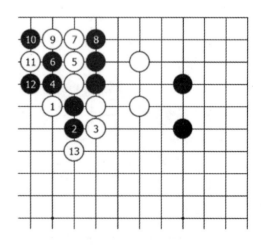

白1、3是强手，如图进行将形成征子，双方在此之前需要预判这个变化。

传统定式之星·小飞挂·二间高夹·点三三

基本图1

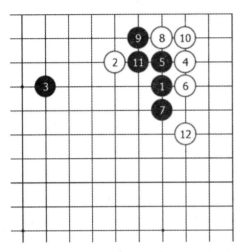

黑1星位，白2挂角，黑3二间高夹，白4点三三是常见的应对，如图进行至白12为一型。

基本图2

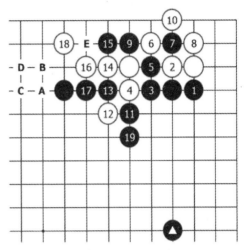

当边上有△黑子配合时，黑1是一种选择，如图进行至黑19为一型。以后黑棋A—D位皆因在E位打吃威胁白棋而成为先手。

变化图1

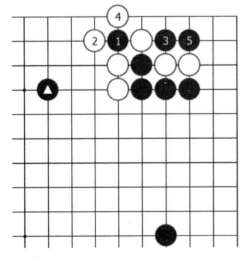

黑若1位断，以下进行至黑5，黑棋虽获得角地，但白棋在边上开花，如此黑棋与△黑子配合不佳。

变化图2

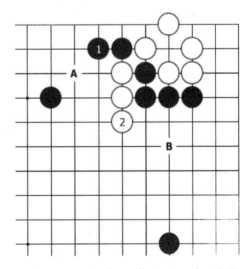

黑若1位长，白2长将A、B两点视为见合，黑棋不利。

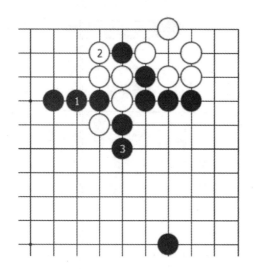

变化图 4

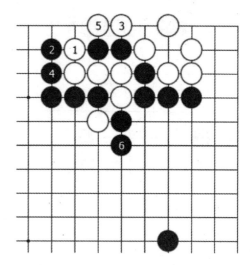

黑若1位粘，如图进行至黑3，黑棋在上边无先手利用。

白若1位拐吃，黑2、4是愉快的先手利用，黑棋厚实。

变化图 5

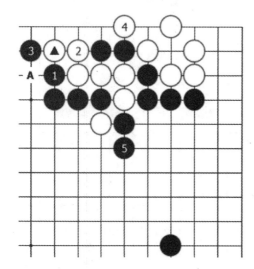

黑若1、3定型，A位留有断点，这就是▲白子尖的用意。

AI定式之星 · 点三三

基本图1

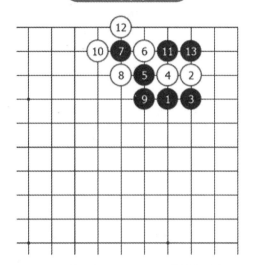

黑1星位，白2点三三是AI非常推崇的下法，黑5、7连扳是一种选择，如图进行至黑13形成转换，大致两分。

变化图1

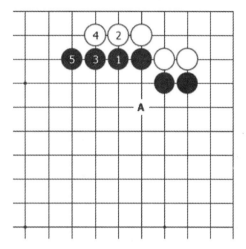

黑若1位长，以下进行至黑5，AI判断是白棋稍有利，以后白棋有A位骚扰黑棋的手段。

变化图2

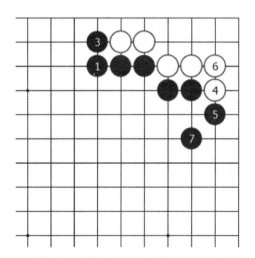

黑1时，白棋如果脱先，黑3拐是先手，迫使白棋4、6做活，黑5、7顺势走厚外围。此图由于黑3在二路也花了一手棋，所以有利有弊。

变化图3

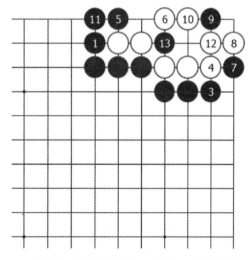

黑1时，白棋如果脱先，黑3立，白棋角部将无法做活，白4挡还原成经典死活棋形"大猪嘴"，黑5、7、9是组合拳，白棋被杀。

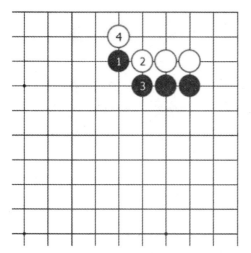

黑1飞是AI推荐的一手，白2顶简明，黑3应，白4扳，双方可暂告一段落，也可能在此处继续行棋。

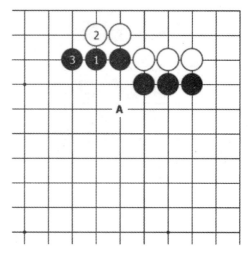

黑1长，意在取势，白2爬，黑3继续长，以后仍然存在白A位点的利用。

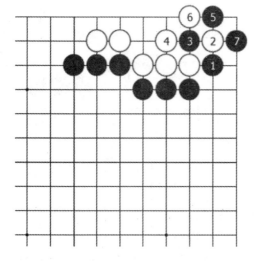

在角部黑棋也留有黑1以下形成打劫的后续手段。

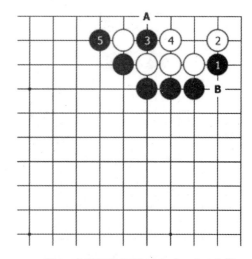

黑1、3扳断是常见AI定式，白4应是一法，黑5打吃，A、B两点白棋必得其一，因此白棋可考虑脱先。

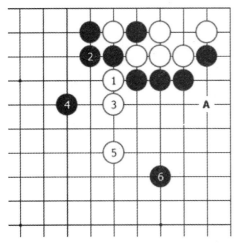

　　白1断立刻作战也有可能，黑2应，白3长，由于黑A位对白棋角部是先手，故黑棋可在4位飞起攻击白棋，以下双方形成混战。

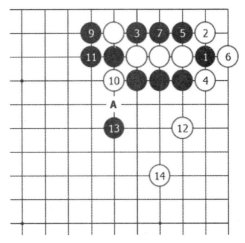

　　黑3时，白4断吃十分流行，以下进行至黑11（白8=黑1），如果黑A位无法征吃白子，白可12位飞，黑13、白14双方可下。

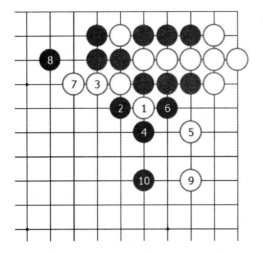

　　白若征子不利，白1扳是应急手段，以下进行至黑10为一型，之后白三子根据情况选择动出。

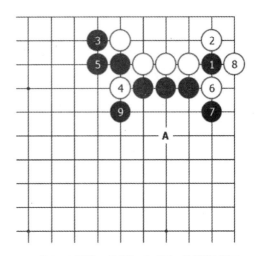

　　黑1、3是另一选择，白4断，给黑棋外围留味道，之后白6、8在角部做活，黑9征吃。黑9若征子不利大致要在A位补，那样白4仍有活力。

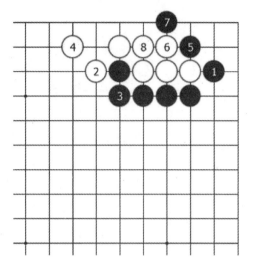

黑1时，白2、4是重视上边的场合下法，以下进行至白8，双方大致告一段落。

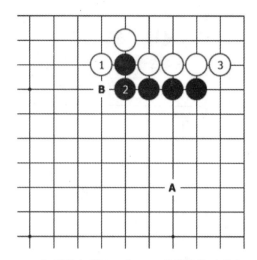

如果轮白棋下，白1、3是常见的后续定型，之后白棋还可期待A位夹攻黑棋或B位扩张上边。

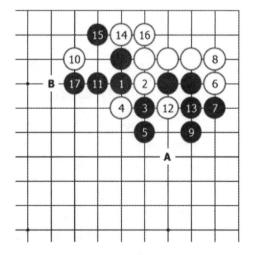

黑1长，一般不好，白2、4冲断给黑棋外围留味道，黑5长，白征子有利时可选择6、8扳粘，黑9补棋，白10点是急所，黑11不得已，进行至黑17，以后白棋留有A、B等利用。

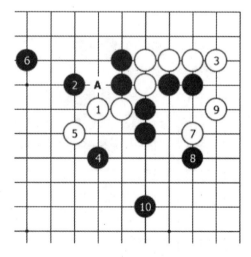

若征子不利，白1长必要，黑2跳，白3加强角部，黑4、6防白A位的冲，白7是棋形要点，进行至黑10，白棋的实利大。

基本图6

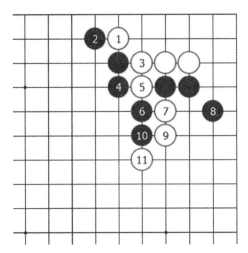

白1托是AI标志性下法，黑2扳将形成十分复杂难解的变化，白3、5与黑棋作战，白7断是征子有利时的下法，黑8尖是巧手，至白11形成基本型。

参考图1

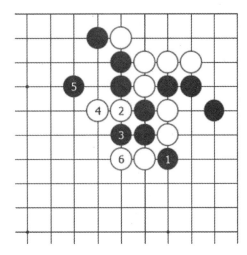

征子有利时，黑1断严厉，如图进行至白6形成征子，白若征子不利则崩溃。

参考图2

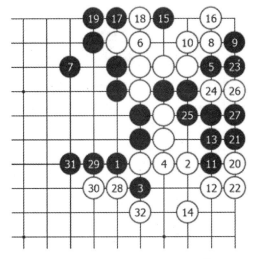

征子不利时，黑1扳是一法，以下进行至白32为一型，双方告一段落。期间变化十分复杂，此变化仅是本型的冰山一角。

参考图3

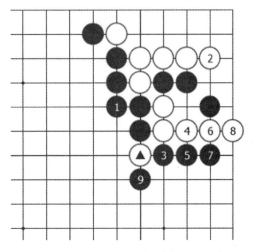

黑1粘是稳健的下法，白2补角，以下进行至黑9为一型，之后白棋可将▲白子动出，也可暂作保留。

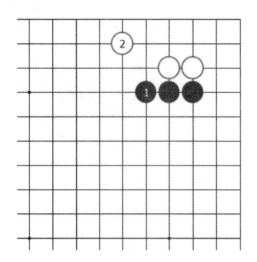

黑1长是简明的下法，白2飞，结果大致两分。之后双方脱先或继续定型。

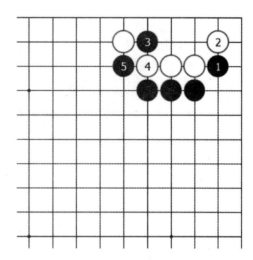

黑1扳是继续定型的选择，白2应，黑3、5跨断还原成基本图3。

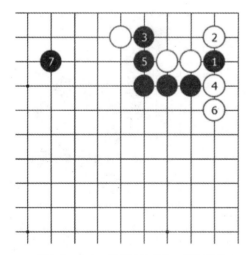

黑3时，白也可选择4位反击，以下进行至黑7为一型。

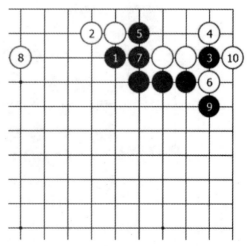

黑1尖也是一法，白2长，之后黑棋可选择脱先，也可如图黑3、5定型。

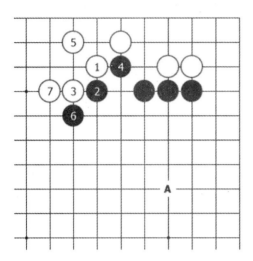

变化图 4

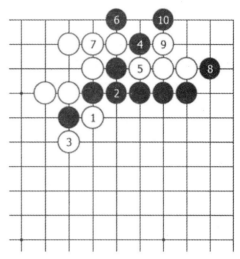

变化图 5

若白棋先下，白1尖是很有价值的一手，黑2以下至白7是一种定型。黑2也可脱先，白A位一带夹击时，黑棋再如图进行。

白若1、3断吃，黑2粘后4位扳就成立了，以下进行至黑10形成对黑棋有利的劫争。

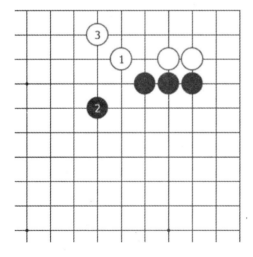

基本图 8

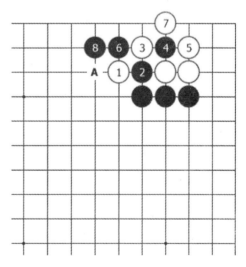

变化图 1

征子有利时，白1跳是一种选择，之后黑棋通常都是脱先。如图黑2飞也是一法，白3补棋，双方告一段落。

白1时，黑若2、4冲断，至白7，黑棋能否A位征吃是关键，黑若征子不利于8位长，结果白棋有利。黑4若于6位断还原成基本图1。

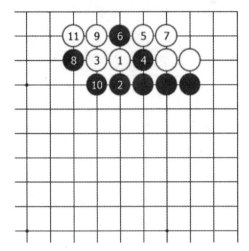

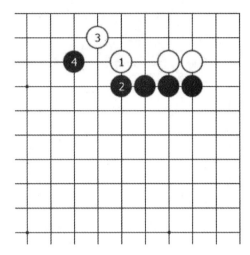

白1时，黑2压是一法，白3长，如图进行至白11为一型。

黑2时，白3尖是一种选择，黑4飞压迫，之后白棋大致脱先。

AI定式之星 · 小飞挂角 · 飞应 · 托

基本图1

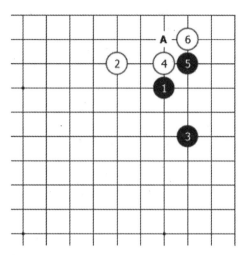

黑1星位，白2挂角，黑3 小飞，在过去白棋A位二路飞是常见下法，但AI认为白4托更为紧凑，之后白6连扳是连贯的思路。

变化图1

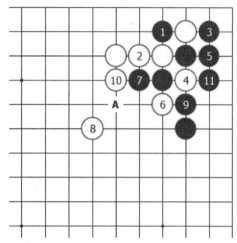

黑若1、3断吃，白4、6应对，即使黑棋征子有利于黑7位长，作战也是白棋有利。白8奔放，若在A位枷则普通，如图进行至黑11，白8的位置明显好于A位，此图AI认为白棋有利。

变化图2

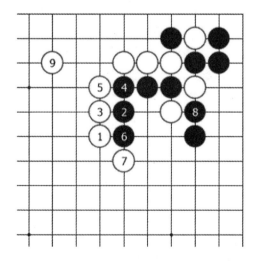

白1时，黑2、4、6试图冲击白棋，白7扳头舒畅，黑8尽量减少白棋在外围的借用，白9护断，AI认为白棋有利。

基本图2

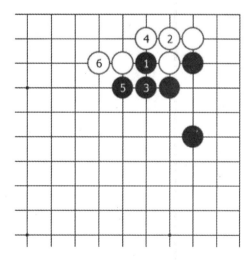

黑1打吃是正手，进行至白4时，黑5压是重视势力的下法，白6长，双方告一段落。

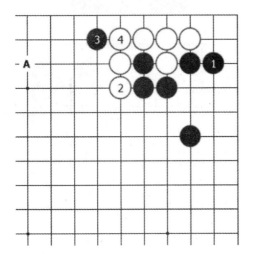

黑1立是重视实地的下法，白2贴紧凑，黑3二路点试应手，白4粘简明，之后黑棋视局面在A位一带行棋，本图双方可下。

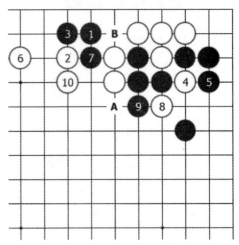

黑1时，白2反击，黑3应，白4断细腻，黑5应，白6跳重视外势，黑7时，白8与黑9交换确保A位的先手利用，至白10为一型。黑在B位断吃白四子的价值约20目，在序盘阶段可暂作保留。

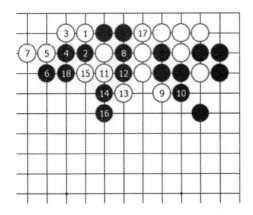

白1扳重视实地，黑2断势所必然，白3、黑4时，白5扳是征子有利时的选择，如图进行至白15，黑16长是好棋，白17补棋，黑18形成征吃，黑白其中一方征子不利则崩溃，因此这个征子变化双方在此之前都应有所预判。

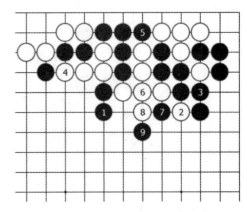

黑1时，白若2、4进行，黑5断吃白棋角部，白6以下试图出逃，黑7、9可将白棋擒拿，如此当然是白棋不利。

变化图 3

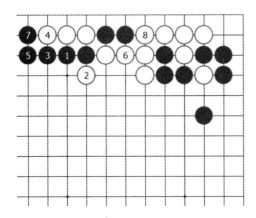

黑1时，白若征子不利，白2扳是应急的好棋，黑3长是一种选择，以下进行至白8，结果双方可下。

变化图 4

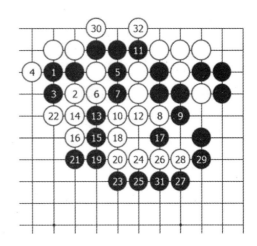

白2时，黑3拐是另一种选择，以下进行至白32几乎必然，白棋取得实地，黑棋外势十分壮观。

参考图 1

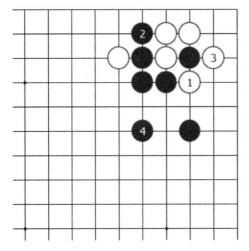

白1在角部断吃是场合下法，黑2冲下，白3要在角上补棋，此型黑棋外势较厚，局部是黑棋有利。

参考图 2

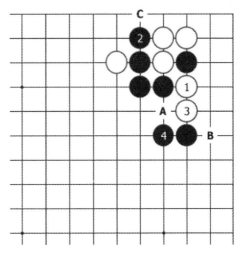

黑2时，白3顶也有可能，黑4长即可，以后黑棋留有A、B、C位的先手利用。

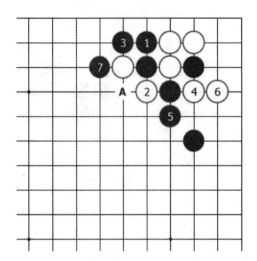

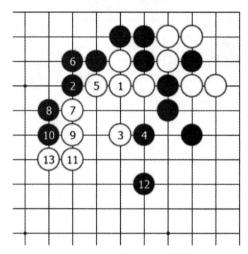

黑1冲下是一种选择，白2断给黑棋外围留味道，以下进行至黑7为一型。以后白棋可视情况选择A位动出与黑棋作战。

白1粘作战，黑2尖是常见应对，白3跳，黑4是棋形要点，以下进行至白13为一型。

AI定式之星 · 小飞挂角 · 跳 · 飞刺

基本图

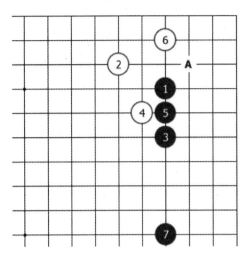

黑1星位，白2挂角，黑3跳是一法，白4是AI定式的一招，黑5粘简明，白6飞，由于之前白4与黑5交换了一下，黑若A位应则被利，黑7大致拆边或脱先。

变化图1

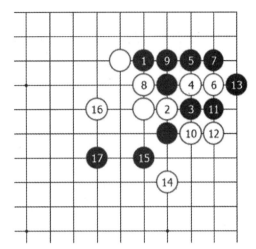

征子有利时，黑1尖是一种选择，白2、4冲断作战，黑5打吃，白6立，黑7挡简明，白8以下进行弃子，如图进行至黑17为一型。

变化图2

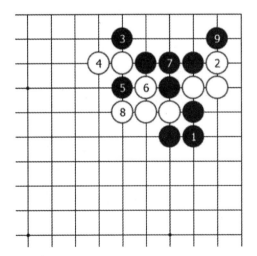

前图黑7于本图黑1位粘是强手，白2拐必然，黑3、白4后，黑5是征子有利时的下法，白若6位断，黑顺势7位粘，如此黑9扳成立，结果黑棋满意。

变化图3

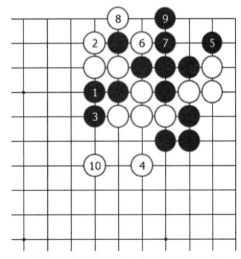

前图黑9若与本图黑1长，白2拐是好棋，以下进行至白10，作战白棋有利。

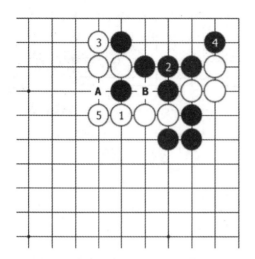

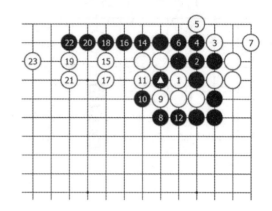

白1是冷静应对，黑2粘将A位冲和黑4扳视为见合，白3也考验黑棋，黑若A位冲，白B断还原变化图3，如图黑4、白5各自补棋，结果黑棋稍有利。

△黑扳时，白若征子有利，白可1、3应对，以下进行至白23（白13=△黑子），AI判断双方可下。

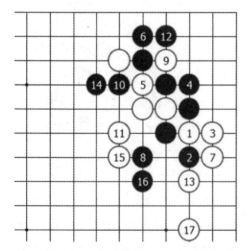

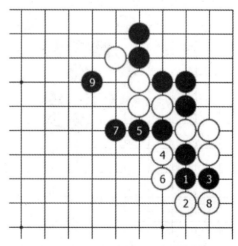

白若征子有利，白1在外面断，黑2防征子，以下进行至黑8，白9、黑10相互试探，至白17为一型。

前图黑8若与本图黑1长，白2顶是手筋，如图进行双方形成转换，结果白棋有利。

AI定式之星 · 小飞挂角 · 尖顶

基本图

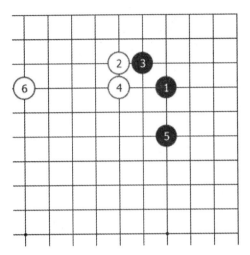

黑1星位，白2挂角，黑3尖是一法，以下进行至白6为一型。

变化图1

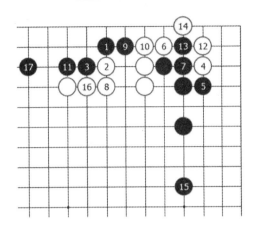

此后留有黑1二路侵入的手段，白2是常见应对，黑3时，白4点角试应手，黑若5位应，白6、8进行，以下至黑17，双方可下。

变化图2

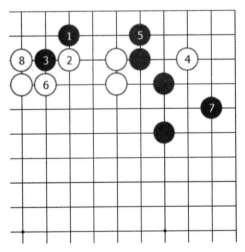

白4时，黑若5位应，白再回到6位挡住，黑7需要补棋，白8打吃厚实。

变化图3

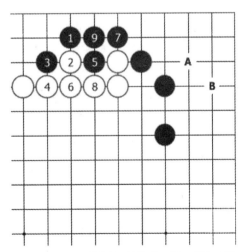

黑3时，白若直接4位挡住，以下进行至黑9，之后白再A位点角时，黑可B位强杀。

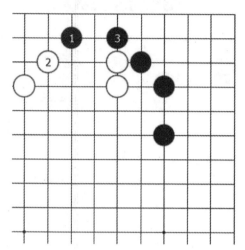

　　黑1时，白2尖是简明的应对，黑3渡，双方告一段落。

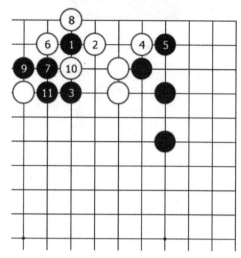

　　黑1时，白2尖激烈，黑3跳，白4、黑5后，白6夹是好棋，黑7以下进行至黑11为一型。

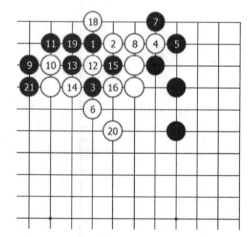

　　黑5后，白若6位盖，黑7先手便宜，黑9飞出轻灵，之后白棋不太好下，白10以下进行滚打是短暂的愉快，白20补棋必要，黑21贴起，白棋尚未安定，AI判断黑棋有利。

传统定式之小目·小飞挂·一间低夹

基本图 1

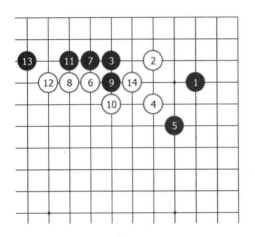

黑1小目，白2挂角，黑3一间夹，白4、6跳后肩冲是一法，如图进行至白14为一型。

变化图 1

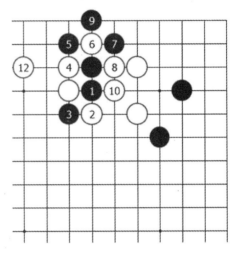

黑若1、3冲断，白4贴下，黑5时，白6断是手筋，以下进行至白12形成混战。

变化图 2

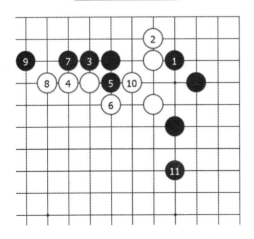

黑1尖顶是另一下法，白若2位应，黑棋交换到这一下可以满意。

变化图 3

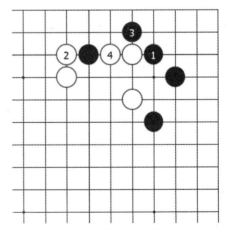

黑1时，白2是简明的下法，至白4为一型。

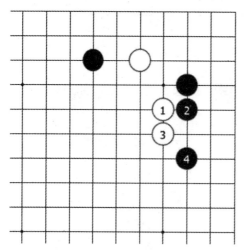

白1飞是积极的下法，黑2稳健，至黑4为一型。

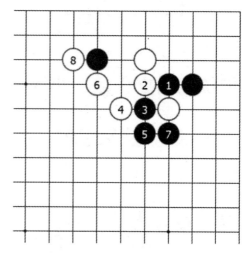

黑1冲断激烈，以下进行至白8双方各有所得。

传统定式之小目·高挂·托退

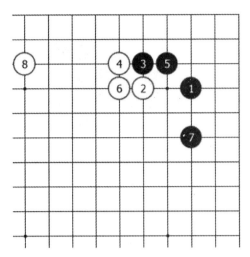

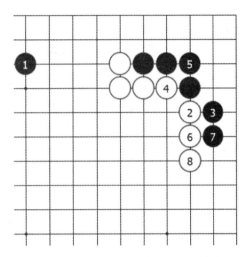

黑1小目，白2挂角，黑3、5托退是简明的下法，如图进行至白8为一型。

黑1占据边上是场合下法，白2也封锁角部黑棋，以下进行至白8为一型。

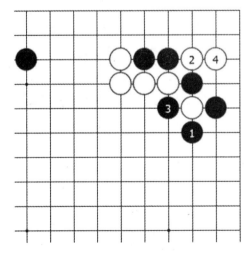

黑若1位打吃，白2反打，转换的结果是白棋满意。

47

传统定式之小目·高挂·一间低夹·托角

基本图1

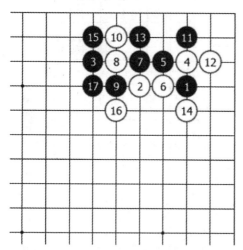

　　黑1小目，白2高挂，黑3一间低夹，白4托是常见的应对，白8挖是关键的一手，进行至黑17为一型。

变化图1

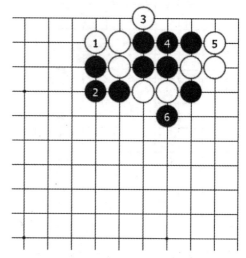

　　当征子有利时，白1拐是一种选择，如图进行为征子变化。

变化图2

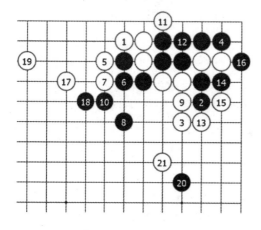

　　当征子不利时，黑2长是一法，如图进行至白21，双方形成混战。

变化图3

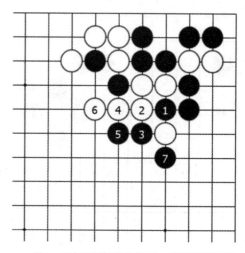

　　黑1、3冲断是简明的选择，以下进行至黑7为一型。

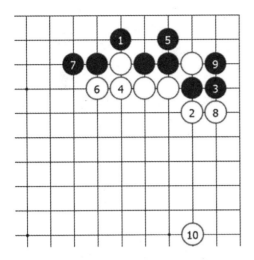

黑1位打吃也可行，白2打吃是次序，黑3长是正着，黑5是兼顾两处断点的好棋， 如图进行至白10为一型。

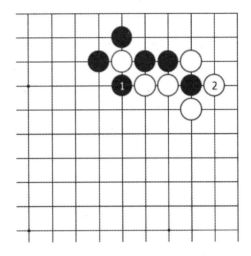

黑若1位提，白2也提，转换白棋有利。

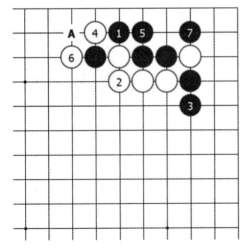

黑1时，白若2位粘，黑棋有3位长的选择，白4、6需征子有利，白6若征子不利而在A位长则不能满意。

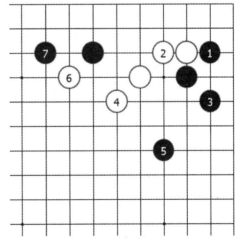

黑1位扳是另一选择，以下进行至黑7，双方告一段落，结果大致两分。

AI定式之小目 · 小飞挂角 · 尖

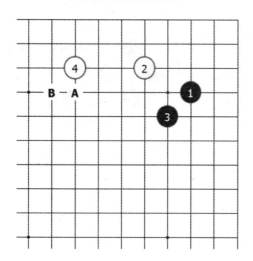

黑1小目，白2挂角，黑3尖的下法自古有之，AI也很推崇此手，之后白4拆二稳健。根据情况白4也可A位或B位拆，甚至脱先。

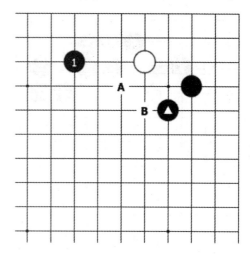

△黑棋尖，白棋脱先，黑1二间夹是好点，之后白可考虑A位尖或B位靠出作战，甚至再度脱先。

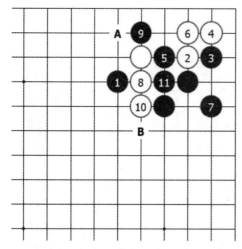

白棋再脱先，黑1是封锁的好点，白2、4是腾挪好手，黑5、7是一法，白8冲转身，黑9扳吃白角，至黑11为一型，之后白可视局面选择A或B位行棋。

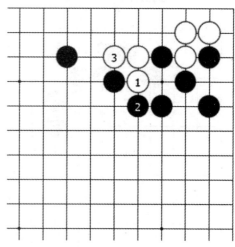

白1时，黑若2位挡，白3拐可以活棋，黑棋不满。

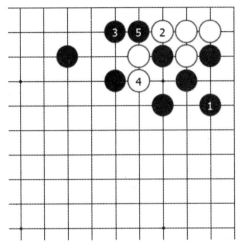

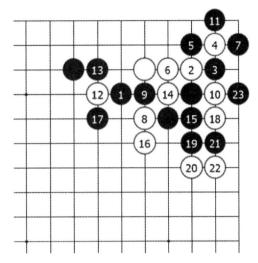

　　黑1时，白若2位应，黑3跳是杀棋的好手，白4再来冲时，黑5断，白棋被杀。

　　白2、4时，黑5、7是另一选择，白8以下进行弃子，黑17防白征子，至黑23为一型。黑棋实利很大，白棋外围如何发挥是关键。

AI定式之小目·小飞挂角·一间夹·飞压

基本图1

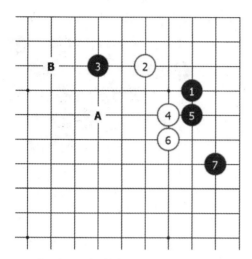

黑1小目，白2挂角，黑3一间夹紧凑，白4飞压，黑5爬稳健，白6长，黑7二路飞是AI的推荐，意在减少白棋的借用，之后白可考虑A位镇或B位反夹。

变化图

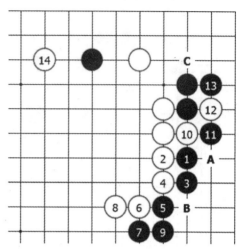

黑若1位跳，白2以下连压，进行至黑9时，白10、12冲断试应手，黑13打吃，以后白留有A、B两打的利用，黑13若在A位粘，白棋在角部有C位托的先手利。如图白14反夹，是白棋主动的局面。

基本图2

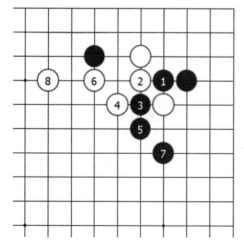

黑1、3冲断是另一选择，白4、6出头，黑7、白8各自补棋，结果大致两分。

变化图1

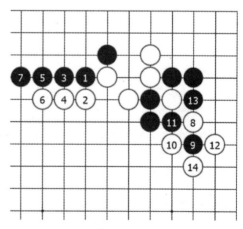

黑1扳是作战的下法，白2以下连压强化后，白8尖是好棋，黑若9位靠则勉强，以下进行至白14，是白棋有利。

变化图 2

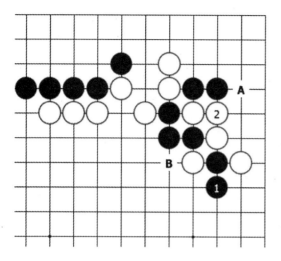

黑若1位长，白2粘后将A位扳和B位征吃视为见合。

变化图 3

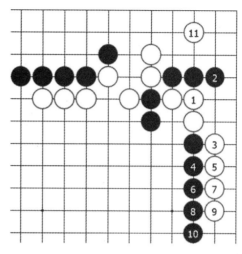

征子不利时，白可1位团，黑2应，如图进行至白11，白棋吃住黑角实利很大。

变化图 4

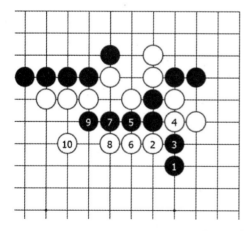

黑若1位飞，白2跨出严厉，黑若3位冲，白4以下进行可将黑棋吃住。

变化图 5

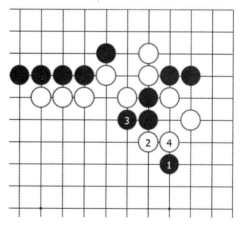

白2时，黑若3位应，白4连回，黑棋明显不利。

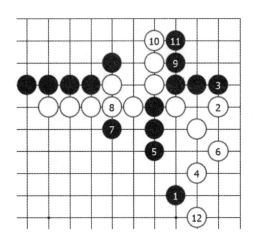

黑1大飞是最强应对，白2、4冷静，黑5、白6各自补棋，如图进行至白12为一型。

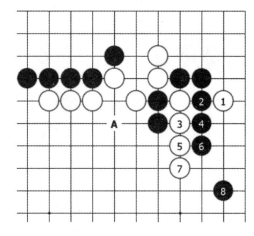

白1跳是以前的下法，但AI判断黑2以下简单冲出即可满意，以后黑棋还有A位点的利用，白棋外围不厚。

AI定式之小目 · 小飞挂角 · 二间夹

基本图1

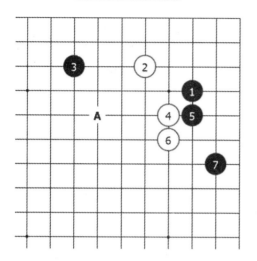

黑1小目，白2挂角，黑3二间夹很常见，白4是正手，黑5爬稳健，白6长，黑7二路飞减少白棋的借用，之后白可考虑A位补棋或脱先。

变化图

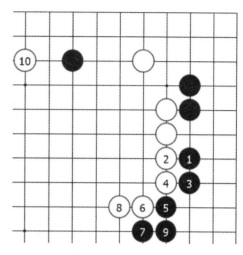

黑若1位跳，白2以下连压使外势变厚，进行至黑9时，白10再反夹黑棋，是白棋主动的局面。

基本图2

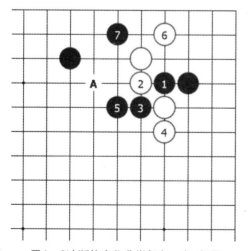

黑1、3冲断的变化非常复杂，白4长是一法，黑5长，白6尖是好手，瞄着A位的穿出，黑7飞是防白A位穿出同时又搜根的强手。

变化图1

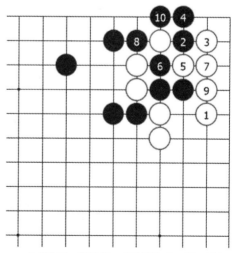

白1跳是一种选择，黑2靠简明，以下进行至黑10为一型。

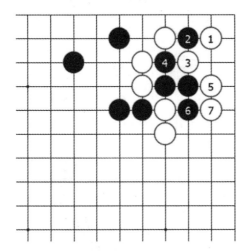

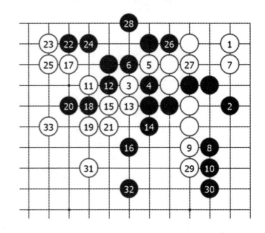

白1位跳是一法，黑若2位挖，白3打吃即可，黑若4位打吃，白5可将黑棋擒拿。

白1时，黑2尖是本手，白3、5将左边黑棋走重，白7并是要点，黑8出头，白11跳是好棋，以下双方形成混战。

AI定式之小目·小飞挂角·二间高夹·飞压

基本图1

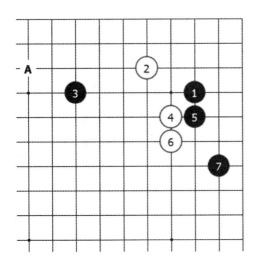

黑1小目，白2挂角，黑3二间高夹曾经十分流行，白4飞是正着，如图进行至黑7为一型，之后白可考虑A位反夹或脱先。

变化图

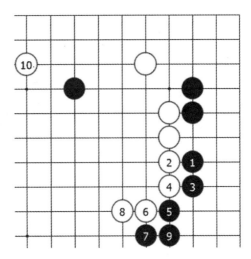

黑若1位跳，白2以下连压使外势变厚，进行至黑9时，白10再反夹黑棋，是白棋主动的局面。

基本图2

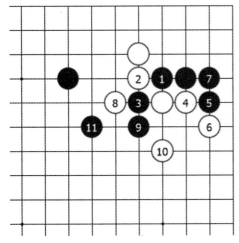

黑1、3冲断变化十分复杂，白4贴紧凑，黑5、7强化角部，白8、10打后顺势跳是行棋的步调，黑11罩是强手。

变化图1

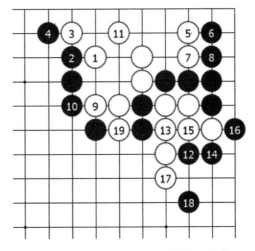

白1拆是简明的对策，黑若2位挡，白3以下至11获得安定，黑12是棋形要点，以下至白19为一型。

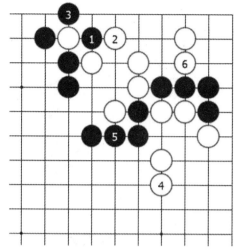

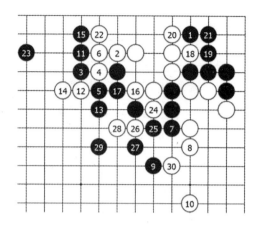

黑1、3提子是重视上边的选择，白4并是要点，黑5防白冲出，白6吃角，局部是白棋有利。

黑1重视角部，白2爬，黑3跳，白4给黑棋制造断点，黑7、9强化为黑11挡住做铺垫，白12断，以下双方形成混战。

传统定式之三三定式

基本图

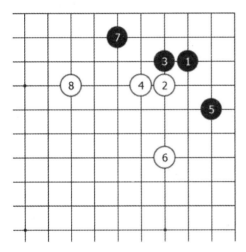

黑1占据"三·三"重视实地，白2尖冲是一法，如图进行至白8为一型。

变化图 1

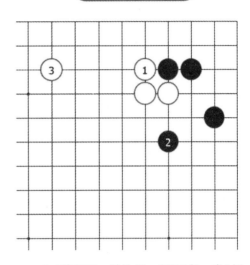

白1挡下是一种选择，黑2飞起，白3拆边，结果大致两分。

变化图 2

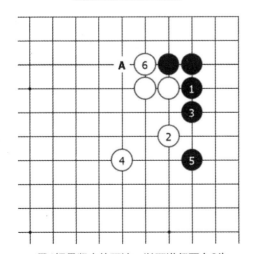

黑1拐是坚实的下法，以下进行至白6为一型。黑5也可于A位跳。

变化图 3

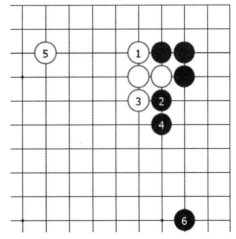

白若1位拐，黑2扳可以满意，以下双方大致如图进行。

AI定式之三三定式

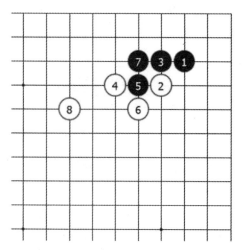

黑1占据"三·三"是重视实地的下法，白2肩冲是一法，黑3爬，白4跳轻灵，以下进行至白8为一型。

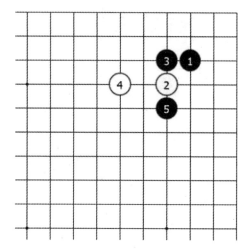

白4时，黑5夹是另一选择，之后白棋可保留这里的定型选择脱先。

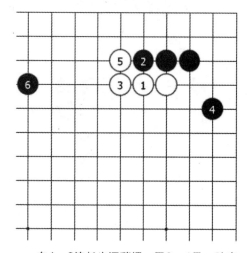

白1、3连长步调稍慢，黑2、4是一种定型，白5时，黑6可抢占边上要点。

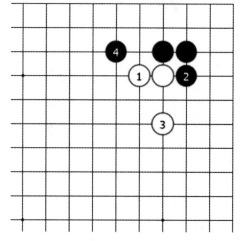

白1时，黑2拐也可行，白3跳，黑4在左边出头。

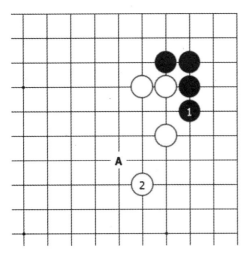

黑若1位长，白2或A位轻灵补断。

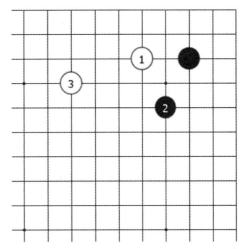

白1一间低挂也常见，黑2飞是一法，白3拆边为一型。

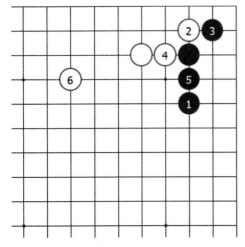

黑1拆一坚实，白2、4定型，至白6为一型。

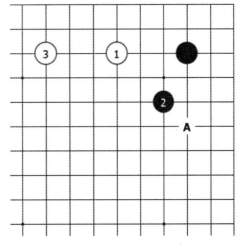

白1二间低挂也可行，黑2飞或A位拆是常见应对，至白3拆二为一型。

第4节 高目与目外定式

传统定式之高目定式

基本图1

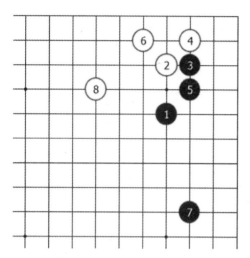

黑1高目，白2挂角是一法，黑3托重视实利，如图进行至白8为一型。

基本图2

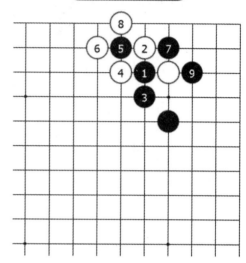

黑1靠下是另一选择，进行至白4时，黑5断是重视角地的选择，如图进行至黑9为一型。

变化图

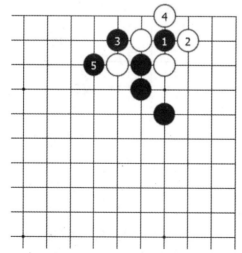

征子有利时，黑1断是重视外势的选择，以下进行至黑5为一型。

基本图3

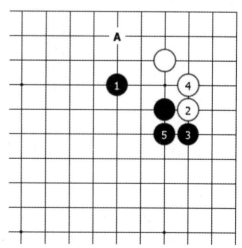

黑1飞重视取势，白2托是一法，以下进行至黑5为一型。之后白可A位飞或脱先。

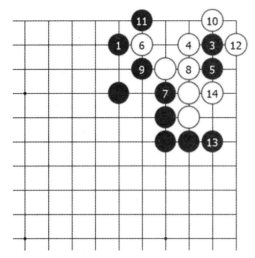

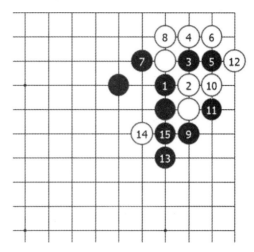

前图白棋脱先后，黑1跳是一种定型，白棋在角上无论怎样应都会被黑棋便宜，故白棋通常会继续脱先，黑3是后续手段，如图进行至黑13，黑棋外势雄厚。

黑1、3顶断是弃子走厚的下法，以下进行至黑15为一型。

传统定式之目外定式

基本图 1

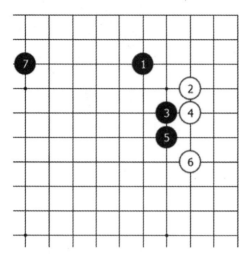

　　黑1目外，白2挂角是一法，黑3飞压重视势力，如图进行至黑7为一型。

基本图 2

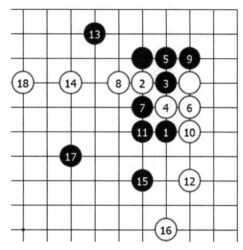

　　黑1大飞也称为"大斜"，白2跨出针锋相对，以下双方形成混战。

变化图

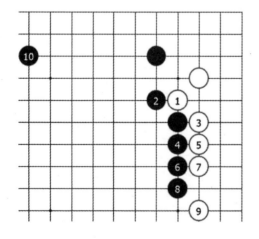

　　白1尖是简明的下法，以下进行至白9，黑棋在10位一带拆边或脱先。

基本图 3

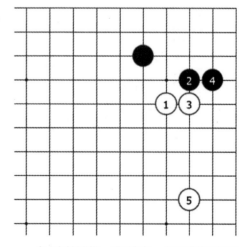

　　白1高挂重视，黑2守角，以下进行至白5为一型。

AI定式之高目定式

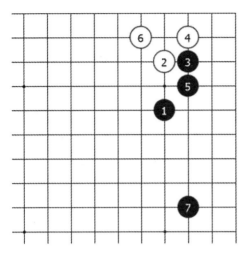

黑1高目重视势力，白2挂角是正手，黑3托角是稳妥的下法，至黑7为一型。

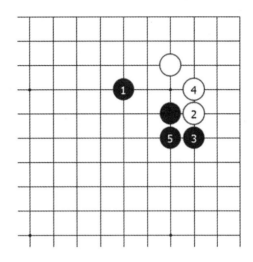

AI判断黑1飞稍缓，白2、4取得角地后脱先。

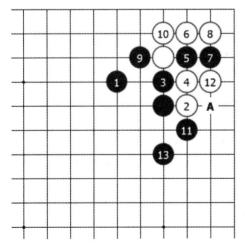

白2时，黑3、5顶断也可行，黑7以下通过弃子走厚外围，至黑13为一型。其中保留A位打吃是AI对传统定式做出的改进。

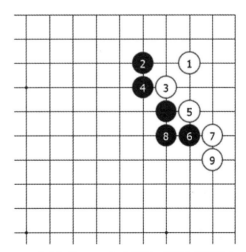

白1点"三·三"也可行，黑2飞是常见应对，白3、5定型简明，黑6扳是强手，白7避其锋芒，黑8回补，白9挺头，结果大致两分。

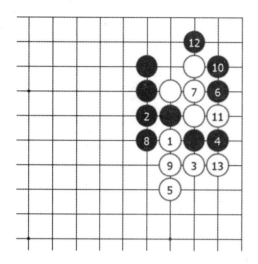

　　白若1、3断吃，黑4长弃子，白5补断，以下进行至白13，白棋子效不充分。

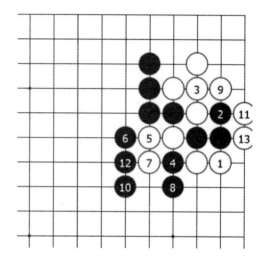

　　即使白棋征子有利，白1挡也不好，黑2以下弃子封锁，结果黑棋有利。

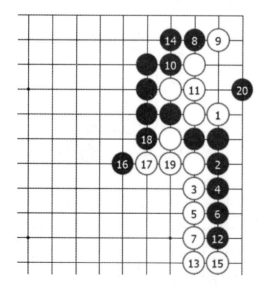

　　白若1位挡，黑2拐，白3长，黑若征子不利，黑4、6连爬即可，如图进行至黑20，白角被吃，局部黑棋有利。

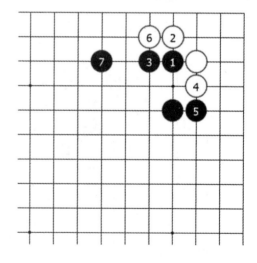

　　黑1位靠通常不利，白2、4简明应对，至黑7，黑棋外围不厚。

AI定式之目外定式

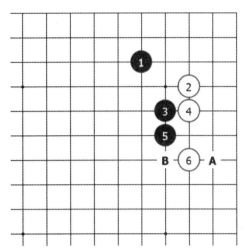

　　黑1目外，白2挂角是常见下法，黑3飞压重视势力，至白6为一型。白6也可在A位飞，如图白6跳更强调B位贴起的价值。

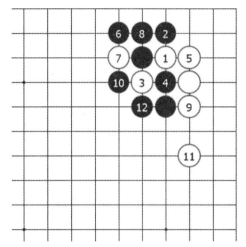

　　白1尖是争先手的下法，黑2扳，白3反扳是好棋，以下进行至黑12，黑棋厚实，白棋获得先手。

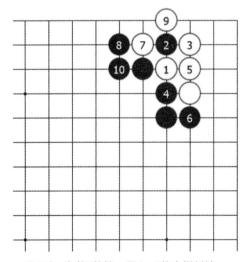

　　黑2时，白若3位挡，黑4、6将白棋封锁，白棋不利。

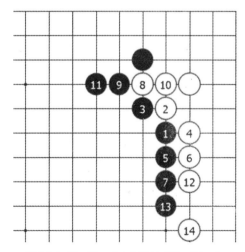

　　黑1大飞是一法，白2尖是简明的对策，如图进行至黑7，白8挖给黑棋制造断点，黑棋大致11位补棋，至白14告一段落。

变化图 1

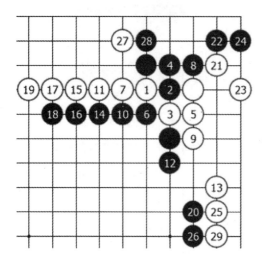

白1跨积极求战，黑2挖断形成混战，黑10压是正着，如图进行至白29为一型。

变化图 2

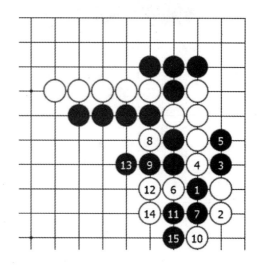

征子有利时，黑1尖是强手，白若2位长，黑3扳成立，如图进行至黑15，白棋崩溃。

变化图 3

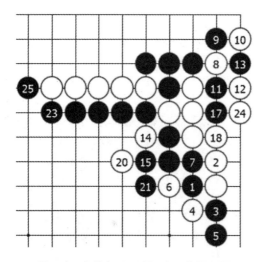

黑1时，白若征子不利只好2位退，黑3扳，白4、6制造劫材，之后白棋在角上做劫，黑23找劫材时，白24消劫，黑25得以扳住白棋。

续变化图 3

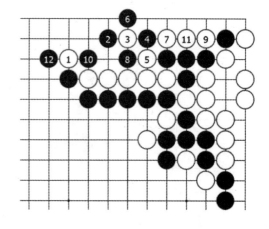

续前图，白1扳，黑2大飞是要点，白3跨，以下双方均是最强应对，至黑12形成转换，好坏视局面而定。

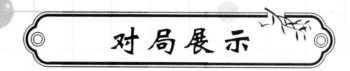

对局展示

黑方：_____   时间：_____

白方：_____

胜负：_____

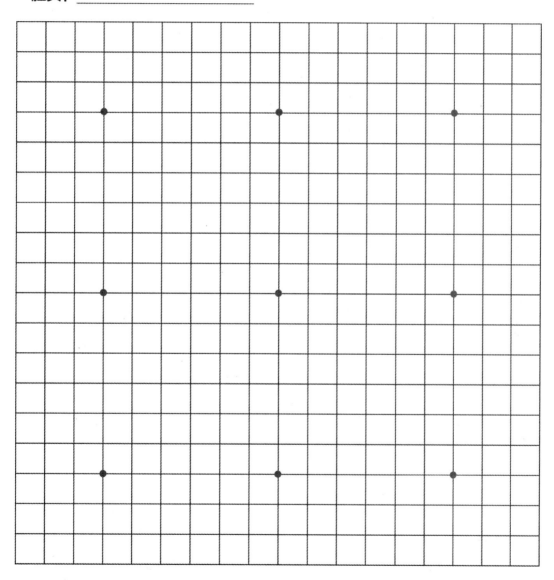

打劫记录：

对局展示

黑方： _____   时间： _____

白方： _____

胜负： _____

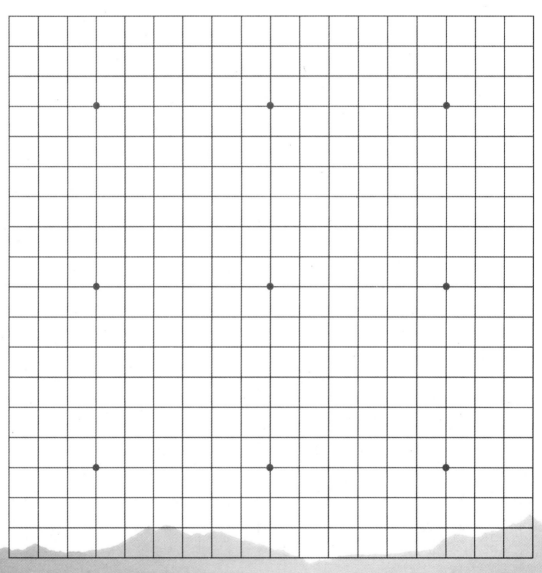

打劫记录：

对局简评

技术层面

心理层面

思维层面

认知提升

成长感悟

对局简评

技术层面

心理层面

思维层面

认知提升

成长感悟

第三章 常用布局

第1节 中国流布局的攻防

例题图1

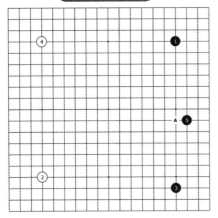

黑棋1、3、5形成的布局结构称为"中国流"。黑5走在A位四线又称为"高中国流"，两者各有所长。

例题图2

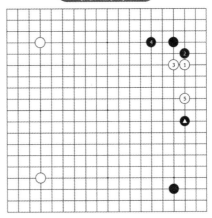

白1若从中国流的内侧挂角，黑2尖、白3长，黑4在上面围地，受△黑棋的限制，白1、3、5是"立二拆二"，子力不够充分，一般很少这样下。

20世纪60年代时中国棋手访日，某一轮比赛中执黑的中国代表队全部采用了此种布局，因此得名。中国流布局着子于三线四线，注重地与势的均衡。与三连星布局类似，对入侵的棋子进行攻击，从中获利。

例题图3

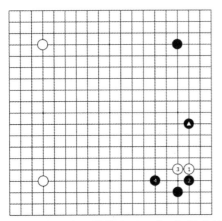

对于右下角黑棋的小目，白1如果来挂角，黑2尖、黑4飞，黑棋边攻击边围地，白棋1、3两子同样受△黑棋的限制，缺少前途。

例题图4

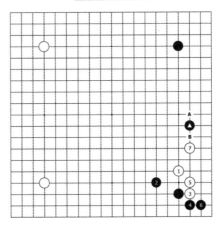

对于"小目"，白1高挂也很常见，黑2飞给白棋施加压力，白3托角是常形，以下受△黑棋的限制，白7拆得狭窄。如果△黑子的位置在A位，白7可以拆到B位会舒服很多，这也是△黑子所处位置的理由之一。

例题图 5

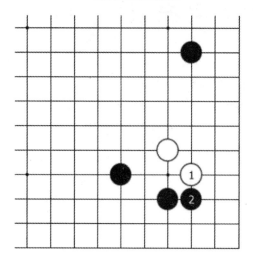

右下角白1如果这样下，胆小怕事，被黑2挡，黑棋非常满意。

例题图 6

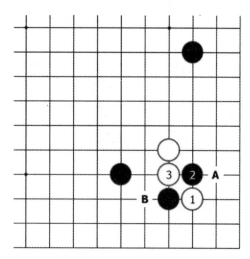

白1托，黑2如果扳这边，白3断，瞄着黑棋的A位、B位等问题，黑棋反倒惹了麻烦。

例题图 7

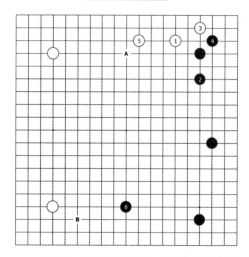

中国流布局就像撒开了一张网等待攻击目标的进入，故白1从外侧挂角也常见，以下至白5为一型。其中白3走A位拆到星位也有可能。黑6继续扩大中国流的模样，黑6走B位挂角也常见。

小结：

1. 中国流布局重视棋子间的高低配合和势与地的均衡发展。
2. 中国流布局像撒网战术一样等待着对方的进入并通过攻击获利。

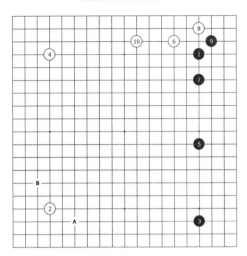

接下来以实战为例并以选择题的方式来欣赏中国流布局的运用。

本局取材于专业棋手的实战：

陈祖德九段（执黑）VS聂卫平九段（执白），开局黑棋布下"中国流"，白6挂角至白10为一型。下一步A、B两个挂角的方向，黑棋如何选择？

实战谱

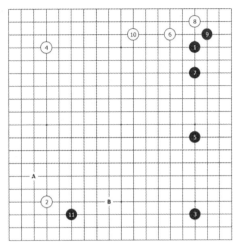

实战：黑11挂角的方向与右边的"中国流"阵势相互配合。

下一步白棋A、B如何选择？

参考图

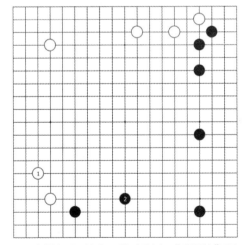

白棋如果1位守，黑2拆边与"中国流"形成一个两翼展开的整体，黑棋十分满意。

实战谱

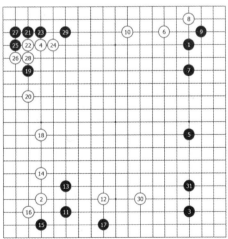

实战：白12对黑11夹击同时阻碍黑棋连成一片。黑13跳，也将白棋分开，黑15、17扎根同时夺取白12的根据。白18巩固左边，黑19挂角，白20夹，以下至黑29为一型。白30时，黑31巩固阵地。

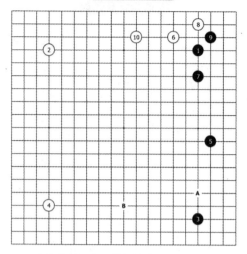

本局取材于专业棋手的实战：

权甲龙六段（执黑）VS安达勋五段（执白）开局黑棋布下"中国流"，白6挂角至白10为一型，下一步A、B两点黑棋如何选择？

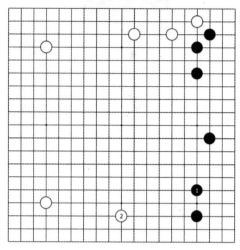

黑棋如果1位守，白2拆边限制黑棋中国流的发展，黑棋整体子力偏向于右边。

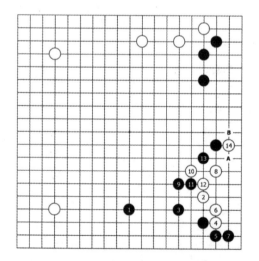

实战：黑1拆边扩大中国流的规模，白2挂角，黑3飞给白棋施加压力的同时在下边围地，以下至白8为一型。黑9继续给白棋施压并扩大下边阵地。白10出头，黑11、13步步紧逼，白14时，A、B黑棋如何选择？

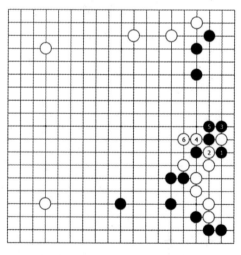

黑1如果扳，白2断，以下至白6，黑棋吃白棋二线的一子无趣，白4、6出头舒展。

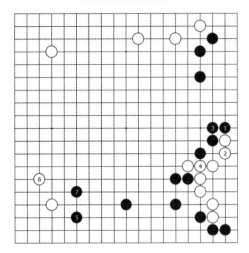

实战：黑1不贪小利，从外面扳，白2退，黑3接，黑棋阵地已得到巩固。以后黑5、7进一步扩大下边阵地。

第2节 三连星布局的攻防

例题图 1

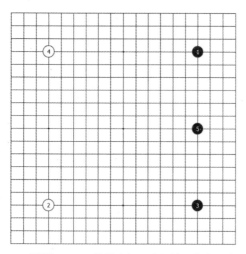

黑棋1、3、5连续占据三个星位，此布局称为"三连星"。

三连星是重视势力发展的布局，对于打入进来的棋子进行攻击并从中获利，这是三连星布局的基本思路。

例题图 2

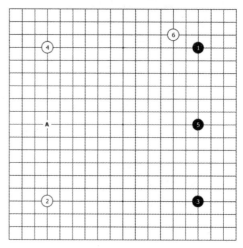

接下来白棋走A位也可构成三连星，布局之初黑棋先下，白棋想在速度上与黑抗衡，可以积极一些，因此白6小飞挂较多。

例题图 3

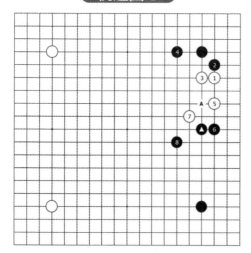

白1如果从三连星内侧挂角则正中黑棋下怀，黑2尖、黑4跳，这两步棋已有围地的收获。而白棋1、3两子的行动受到△黑棋的限制，以下白棋大致在5位或A位加强这块棋，黑6、8继续对白棋保持攻势。

例题图 4

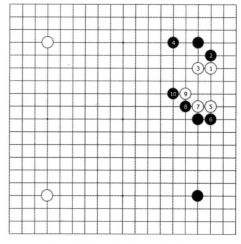

白5如果多拆一路，被黑6挡住，之后白7长，黑8扳白棋的"二子头"，白9扳，黑10连扳，白棋委屈。

例题图 5

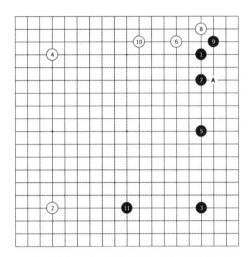

白6挂角，此时黑棋虽也可以A位小飞，但黑7在四线跳更能贯彻"三连星"的模样，以下至白10为一型。黑11继续扩大三连星的模样。

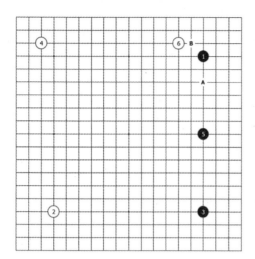

练习题1

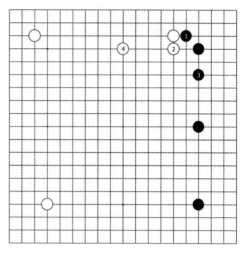

参考图

接下来以实战为例并以选择题的方式来欣赏三连星布局的运用。本局取材于专业棋手的实战：

武宫正树九段（执黑）VS大竹英雄九段（执白），开局黑棋布下三连星，白6挂角，下一步A、B两点黑棋如何选择？

黑棋如果1位尖，白2长棋形挺拔，从发展模样的角度来讲，保留黑1与白2的交换更常见，以后黑3守，白4拆发展上边。

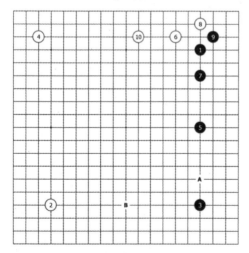

实战谱

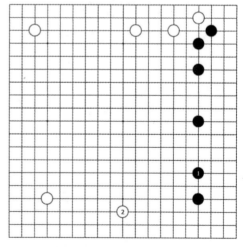

参考图

实战：黑7跳巩固阵地，以下至白10为一型。下一步A、B黑棋如何选择？

黑棋如果1位守，白2拆边可以限制黑棋三连星的发展，黑棋整体子力偏向于右边。

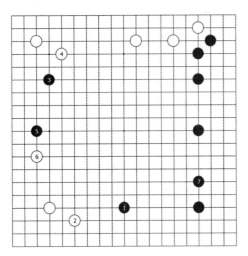

实战：黑1继续扩大三连星的规模，白2守角，黑3挂角，白4守，黑5拆，白6逼近时，黑7将已经扩大的三连星阵地加以巩固。

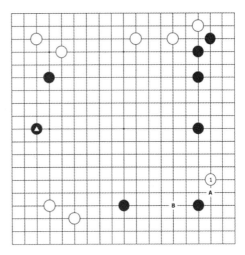

△黑棋拆边时，白1如果在黑棋的三连星阵势内挂角，下一步A、B黑棋如何选择？

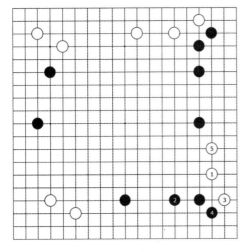

黑2防守单调，白3飞，黑4守，白5拆，白棋建立了根据地。

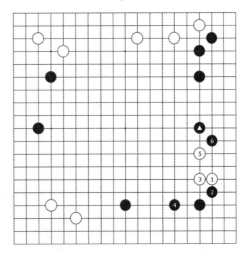

黑2尖将白棋走重，同时夺取白棋的根据地，白棋受△黑棋的限制，大致走5位一带，黑6继续保持攻势。

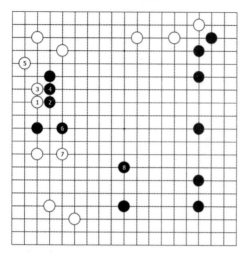

实战：面对白1的打入，黑2以下至黑6把棋走在外面，与三连星遥相呼应，白7守，黑8进一步扩大了三连星的模样。

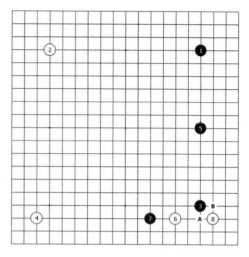

本局取材于专业棋手的实战：

武宫正树九段（执黑）VS赵治勋九段（执白），开局黑棋布下三连星，白6挂角，黑7夹击白棋也是一种选择，白8进角，下一步A、B两点黑棋如何选择？

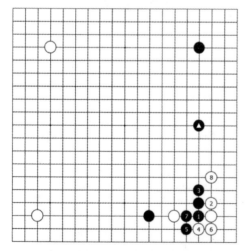

黑1如果从这边挡，可以分断白棋挂角一子，以下至白8为一型。但黑棋形成的势力方向与三连星的△黑棋配合不理想。

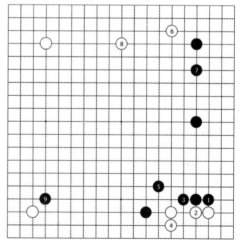

实战：黑1挡这边允许白棋联络，以下至黑5为一型，黑棋形成的势力壮大了三连星的规模。以后白6挂角，黑7跳，白8拆边，黑9尖冲白棋的"三·三"，同时与右边三连星的模样遥相呼应。

第3节 对角布局的攻防

例题图1

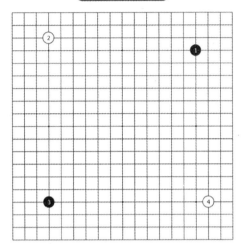

黑1至白4双方的四手棋交叉落于角部称为"对角型"布局。落于角部的具体手法因个人喜好而定，对角型布局的特点是容易导致激战。

例题图2

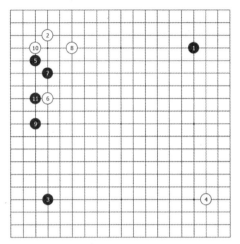

本局面取材于专业棋手的实战：

陈祖德九段（执黑）VS杉内雅男九段（执白），黑5挂角，白6夹击，以下至黑11双方各得其所。

例题图3

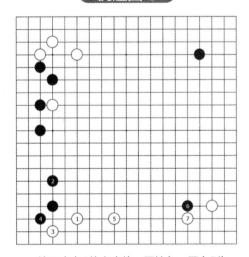

接下来白1从宽广的一面挂角，至白5告一段落，黑6挂角，白7托，黑棋下一步面临方向性的选择。

例题图4

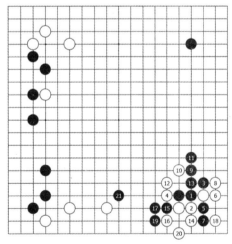

黑1顶希望发展右边，黑3时，白4扳形成著名的"小雪崩"定式，至黑21战斗十分复杂。

小结：对角型布局因为局面交叉所以容易导致激战。

练习题1

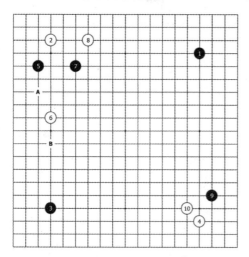

接下来以实战为例并以选择题的方式来欣赏对角型布局的运用。

本局取材于专业棋手的实战：

陈祖德九段（执黑）VS石田章九段（执白），开局黑棋布下对角星，以下至白10，下一步A、B两点黑棋如何选择？

参考图

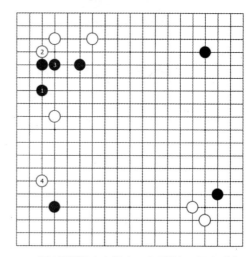

黑1行棋的方向保守，白2便宜一下之后白4挂角，白棋生动。

实战谱

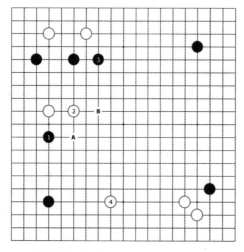

实战：黑1拆兼夹，白2、黑3各自出头，白4拆边的同时照应左边白两子，下一步A、B两点黑棋如何选择？

参考图

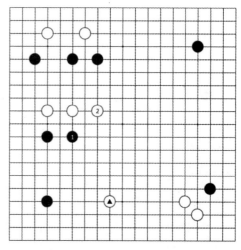

黑1跳，白2继续出头，▲白子的位置多少限制了左下黑棋的发展。

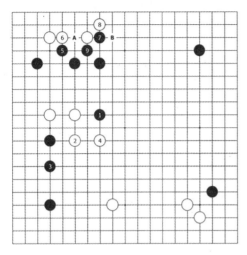

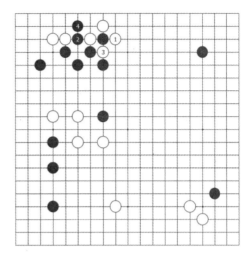

实战谱

参考图

实战：黑1镇头攻击，白2时，黑3顺势巩
固左边，白4出头，黑5以下至黑9强化自身，
下一步A、B两点白棋如何选择？

白若1位打吃，黑2反打冲下，白棋不行。

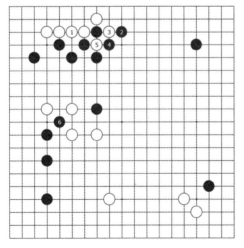

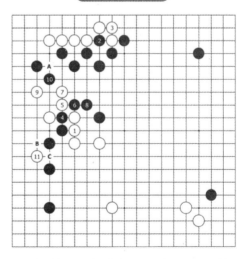

实战谱

实战谱

实战：白1粘，黑2跳是追求速度的下法，
白3时，黑4反打是要领，白5提，黑6尖找劫
材。

白1粘，黑2提劫后于黑4冲断，以下进行
至白9，黑10防A位跨断，白11点是手筋，下
一步B、C两点黑棋如何选择？

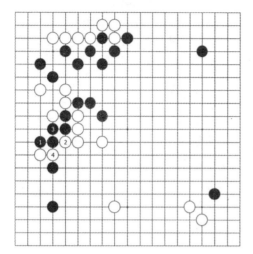

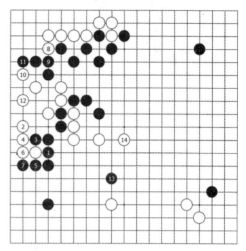

黑1若挡下来，白2、4把黑棋分断，黑棋没有好的道理。

黑1粘是本手，白2以下至白12做活，黑13分断白棋联络，白14出头进入新一轮的战斗。

第4节　AI对传统布局思路的启发

自AI（人工智能的简称）普及于围棋以来，在技能和思路上围棋有了空前的变化，AI带来了很多新的视角以及招法，令人叹为观止！使人不由得联想到以往传统经典的下法在AI这里又是怎样的存在。

接下来通过围棋AI对几个有代表性的布局进行测算，采用40B权重，设置为黑棋贴7.5目的中国规则，提供黑棋一方的胜率做参考，AI认为贴7.5目黑棋的初始胜率为40.1%，不同的AI和权重以及计算量在胜率方面会有微小的差别，所以胜率仅供参考。

AI分析中国流布局

例题图1

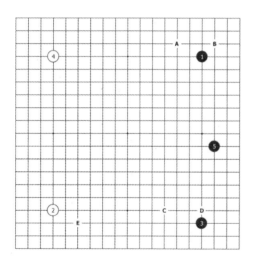

黑棋以中国流开局，接下来A—E都是AI推荐白棋的选点，其中A、C、E是AI出现之前就流行的下法，而B、D是AI布局很有代表性的下法。（黑棋胜率37.6%）

例题图2

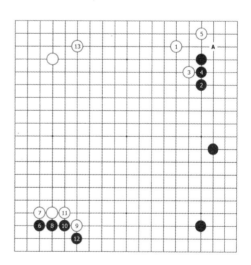

白1挂角，黑2跳，白3飞点是AI推荐的下法，黑4粘稳健，白5飞，黑若A位应，白3与黑4的交换就便宜了，故黑6脱先点"三·三"，至黑12为一型，白13守左上角是大场。（黑棋胜率38.3%）

例题图 2-1

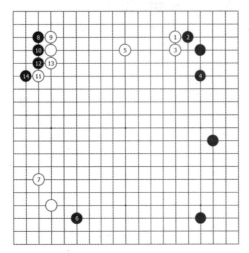

白1挂角，此局面AI很推荐黑2尖顶，以下至白5拆边，黑6挂角与白7交换后再黑8左上角点"三·三"，至黑14为一型，然后白棋脱先。（黑棋胜率38.9%）

例题图 3

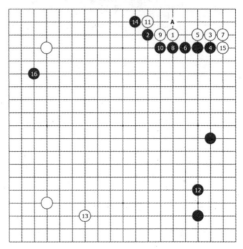

白1时，黑2夹也有可能，白3以下至黑6时，白棋传统的下法是A位立，AI推荐的是白7位立，黑8时，白9、11欲争先手，黑12、白13各占大场，以下至黑16。（黑棋胜率34.2%）

例题图 4

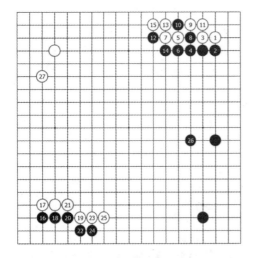

点"三·三"在大多数场合AI都判断可行，白1点"三·三"，黑2以下至白15是AI定式，黑16也回敬一个点"三·三"，至白25为一型，黑26、白27各占大场。（黑棋胜率38.9%）

例题图 5

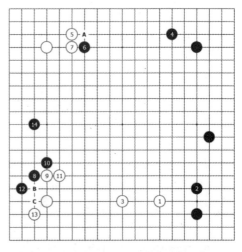

白1反挂黑棋的小目是曾经流行的下法，AI判断黑2守角即可，白3拆回，黑4、白5守角，黑6尖冲也是AI惯用招法，白7有时也可A位爬。左下至白11时，黑走B或C位为常见，AI很推荐黑12尖，至黑14为一型。（黑棋胜率43.0%）

例题图 6

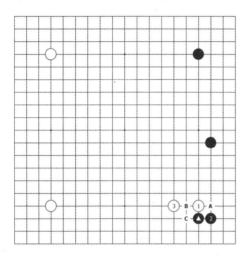

白1碰在小目上是AI经常推荐的下法，尤其是面对中国流，白1碰很紧凑，接下来黑棋大致有A、B、C、黑2四种应对。如图，黑2长就还原成：黑2"三·三"，白1尖冲，△黑棋爬，白3跳的棋形。（黑棋胜率34.1%）

例题图 6-1

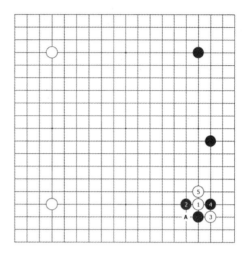

白1碰，黑若2位扳，白3扳是与白1相关联的后续手段，黑若4位断，白5长，黑棋还要顾忌A位断点，这个作战白棋不怕。白3时，黑若A位粘，白于4位粘可以满意。（黑棋胜率29.8%）

例题图 6-2

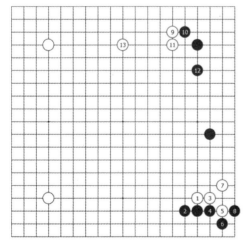

白1时，黑若2位长，白3以下进行至黑8，白棋棋形很有弹性，AI判断白棋可以脱先了。（黑棋胜率34.6%）

例题图 6-3

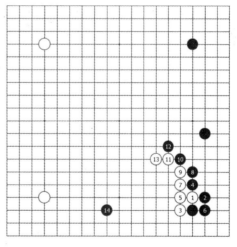

白1时，黑2扳是常见应对，白3扳希望发展下边，黑4打吃重视右边实地，以下至黑14。（黑棋胜率38.7%）

例题图 6-4

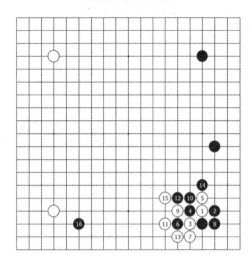

白3时，黑4断是AI首推，白5长以下至白15形成转换，黑16左下挂角。（黑棋胜率39.9%）

例题图 6-5

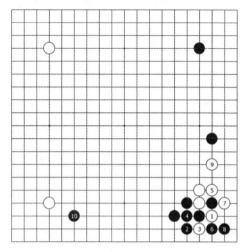

前图白7若于本图白1断打，黑2提，以下进行至白9，白棋这块棋以后还有被攻击的可能，黑棋满意。（黑棋胜率52.8%）

小结：

大多数场合AI都判断点"三·三"可行，对于中国流布局AI在小目上碰是有趣的下法。

AI分析三连星布局

例题图1

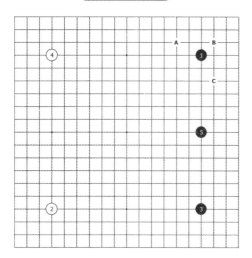

黑棋以三连星开局，A、B是AI的推荐，A位也是传统的下法，B位点"三·三"是AI布局的常用下法。C位从三连星内侧挂角无论是传统还是AI都是不推荐的。（黑棋胜率37.2%）

例题图2

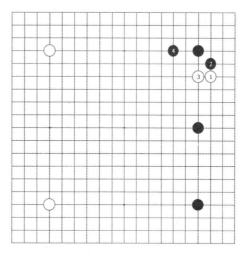

白1内侧挂角，黑2尖顶是要点，白3长，黑4跳，白棋两颗子受攻。（黑棋胜率41.7%）

例题图3

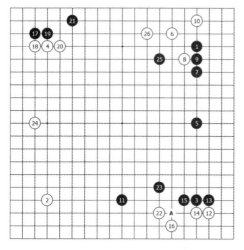

白6挂角，黑7跳，白8飞点是AI推荐下法，黑9选择简明，白10后黑棋脱先。下一步AI推荐黑棋A位守角，如图，黑11按传统下法占边上星位，AI判断白12点"三·三"就不错，以下进行至白26。（黑棋胜率26.2%）

例题图3-1

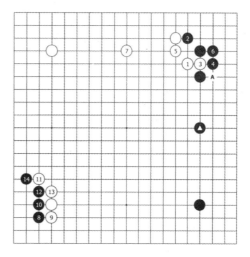

白1时，黑2尖是重视角地的下法，白3冲，黑4应，如果边上没有△黑子白5于A位断将导致激战。本局面白5选择简明的退，黑6补棋，白7拆边。之后AI推荐黑8点"三·三"。（黑棋胜率34.5%）

例题图 4

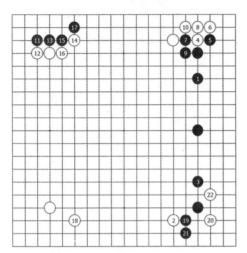

　　黑1时，白2挂角重视速度，黑3应，白4托以下至白10为一型。黑11又是点"三·三"，至黑17是AI定式，白18守角，黑19尖顶时，AI推荐白20、22直接在角上活动。（黑棋胜率38.1%）

例题图 5

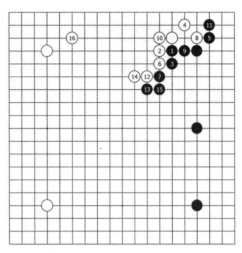

　　黑如1、3压长扩张模样，白4尖是AI推荐的下法，以下至黑15双方相互扩大自己的阵势，下一步AI判断白棋从容地于白16位守角即可。（黑棋胜率35.5%）

例题图 6

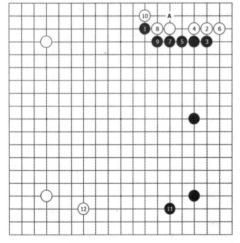

　　黑1夹攻是过去流行的下法，白2点"三·三"，以下至黑5时，AI推荐白6位立，与传统的A位相比，白6位更强调对黑棋右边阵势的后续。黑7时，白8、10欲争先手，黑11守角是大场，白12也守角。（黑棋胜率33.7%）

例题图 7

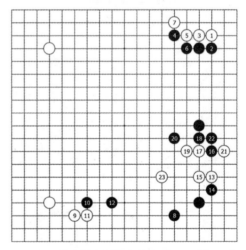

　　在AI的布局中经常会有点"三·三"，本局面也不例外，白1点"三·三"，以下至白7为一型，黑8、白9各自守角，黑10尖冲扩张模样，白13打入以下至白23。（黑棋胜率37.0%）

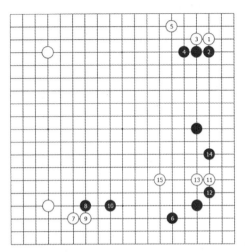

白3时，黑4单长是另一种下法，以下白15
与前图大致相当。（黑棋胜率38.3%）

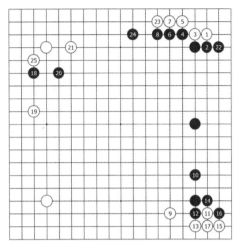

白3时，黑若4位以下进行，白9脱先挂
角，黑10跳，白11再点"三·三"。局面进
行至白25。（黑棋胜率36.0%）

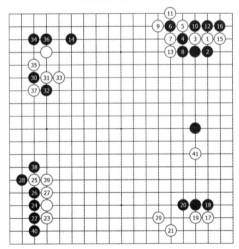

白5时，黑6连扳是重视角地的下法，黑棋
如此选择与当初的三连星大模样配合不佳，局
面进行至白41。（黑棋胜率30.3%）

小结：三连星是重视模样的下法，后期的进行AI判断点"三·三"以及守角的价值很大。

AI分析小林流布局

例题图 1

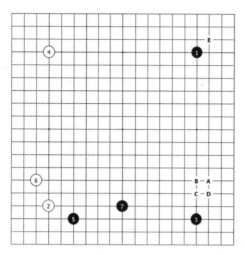

黑1至黑7形成的布局结构名为"小林流"，因日本棋手小林光一九段而得名，小林光一很擅长此布局且一度胜率极高。

此后，A、B是传统的下法，C、D、E是AI的推荐。（黑棋胜率36.5%）

例题图 2

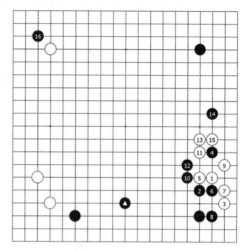

在以前认为边上有△黑子时，白1大飞挂角避其锋芒，以下至白15是过去的流行下法，以前认为是白棋不错，但AI判断是黑棋有利。（黑棋胜率47.8%）

例题图 2-1

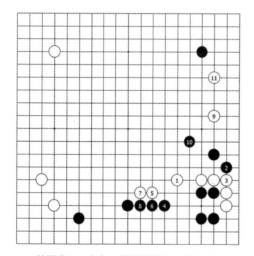

前图白9二路虎AI推荐本图白1跳出头，黑4防守下边，白5、7先手强化自身再于白9夹攻黑棋。（黑棋胜率39.1%）

例题图 2-2

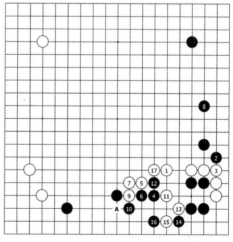

白7时，黑8若走右边一带，白9、11冲击下方黑棋，以下白棋始终瞄着A位的断。（黑棋胜率29.8%）

例题图 3

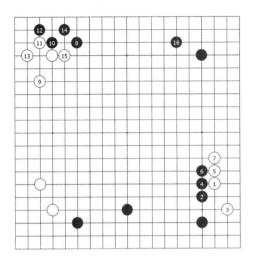

白3时，AI推荐黑4、6连压后脱先，黑10、12托后连扳也是AI定式下法。（黑棋胜率40.8%）

例题图 4

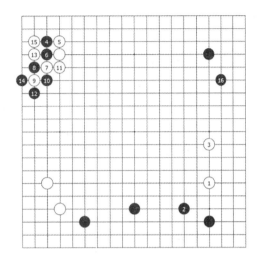

白1二间高挂也是过去针对小林流的常用下法，AI推荐黑2位守，白3拆，黑4脱先点"三·三"。（黑棋胜率38.2%）

例题图 4-1

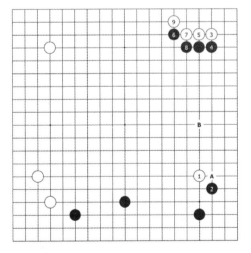

白1时，黑2守角是另一种下法，在过去A位挡或B位一带拆是见见下法，AI的推荐是点"三·三"，似乎是将白1视作侵消黑棋。（黑棋胜率37.3%）

例题图 5

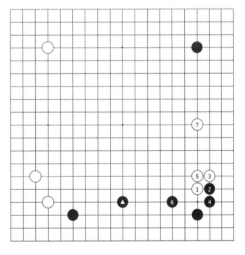

白1高挂是AI的首推，黑2若选择托退定式，以下至白7，小林流的△黑子配置效率一般。（黑棋胜率36.5%）

例题图 5-1

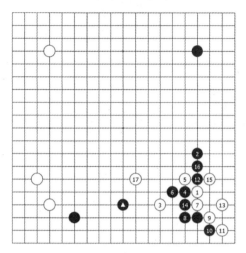

以前认为白1挂角，黑2夹攻严厉，白3、黑4是以前的定式下法，因为边上△黑子的存在，战斗似乎对黑棋有利，但AI判断白棋以下活角再白17侵消即可满意。（黑棋胜率27.2%）

例题图 5-2

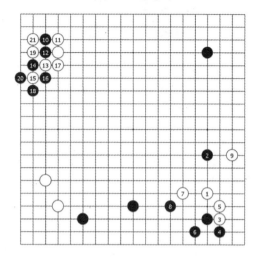

黑2时，白3托角是AI的推荐，以下至白9简明处理，黑10脱先点"三·三"。（黑棋胜率35.1%）

例题图 6

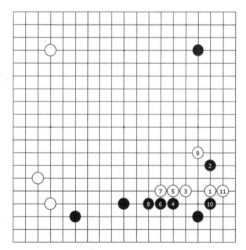

白1小飞挂角也是AI的推荐，黑2夹攻时，白3跳起，黑4飞，白5、7连压后于白9飞是AI推荐的简明处理。（黑棋胜率37.2%）

例题图 7

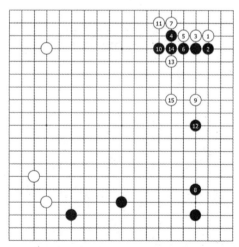

几乎在大多数场合AI都判断点"三·三"是可行的，白1点"三·三"以下至白7，黑8脱先守角，白9以下进行作战。（黑棋胜率36.7%）

小结：对于小林流布局，AI判断白棋一间挂完全可行。

对局展示

黑方：＿＿＿＿＿＿＿＿＿＿＿＿　　时间：＿＿＿＿＿＿＿＿＿＿＿＿

白方：＿＿＿＿＿＿＿＿＿＿＿＿

胜负：＿＿＿＿＿＿＿＿＿＿＿＿

打劫记录：

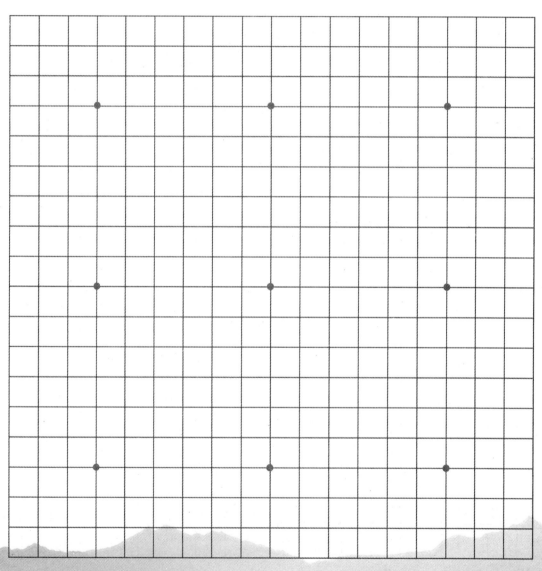

对局展示

黑方：_____   时间：_____

白方：_____

胜负：_____

打劫记录：

对局简评

技术层面

心理层面

思维层面

认知提升

成长感悟

对局简评

技术层面

心理层面

思维层面

认知提升

成长感悟

第四章 官子常识

第1节 官子的类型

例题图 1

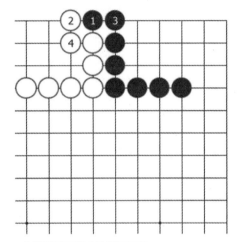

官子类型可以分为以下三种:

1. 双先,双方都是先手的官子。
2. 单先,一方是先手,另一方是后手的官子。
3. 双后,双方都是后手的官子。

如图,黑1、3扳粘,白4补断,黑棋是先手官子。

例题图 1-1

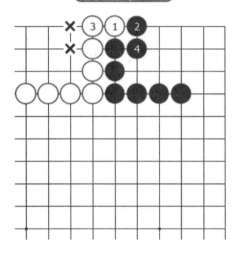

　　白1、3扳粘,黑4补断,白也是先手,所以这是双方的先手官子。双方都是先手的官子,在实战中是必争的。

例题图 2

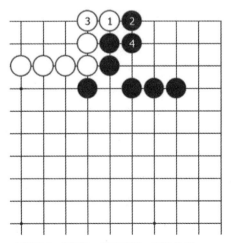

本图白1、3扳粘,黑4补断,白是先手。

例题图 2-1

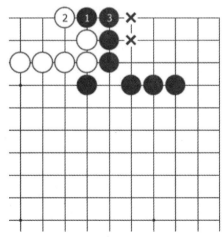

　　黑1、3扳粘,白棋无需补棋,黑是后手,所以这是白棋的单方先手官子。单先官子如果被后手的一方走到,叫做逆收官子。

101

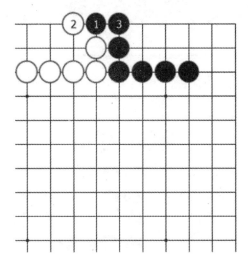

例题图 3

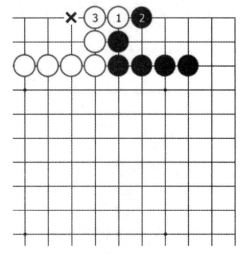

例题图 3-1

本图黑1、3扳粘，白棋无需补棋，黑是后手。

白1、3扳粘，黑棋无需补棋，白也是后手，所以这是双方的后手官子。双方都是后手的官子一般都留到后面下。

小结：通常，收官子是由双先、单先（逆收）、双后的顺序进行。

第2节 官子的计算

出入计算法

例题图 1

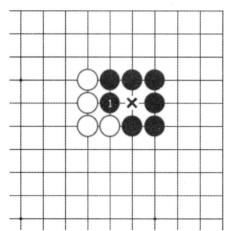

例题图 1-1

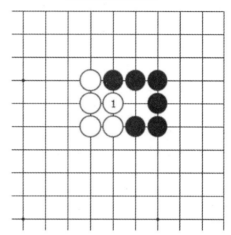

一盘棋的收尾阶段，称为"官子"，一盘棋大致分为三个阶段：布局、中盘、官子。中盘战斗结束后，盘上棋子已经密密麻麻，双方为进一步确定地域分界线进行的过程，就是收官子。设想双方正确应对后的局面，再对目数的出入进行比较，是官子价值计算的常用方法，如图，黑1围住了×位1目。

白棋下1位防止了黑棋围1目，与前图比较，白棋没有目数出入，仅黑棋一方有1目棋的出入，所以这个官子的价值是1目。

例题图 2

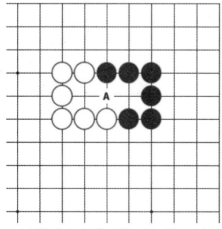

例题图 2-1

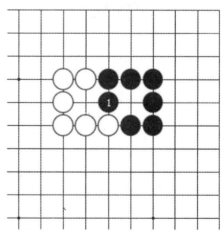

本图A位的官子与前图不同，黑白双方的目数都会有出入。

黑棋下1位围到了1目，请先记下这一结果。

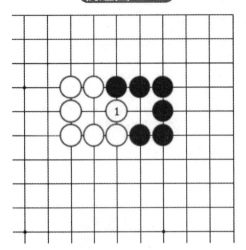

例题图 2-2

白棋下1位也可围到1目，同时还防止了黑棋围1目，将白增加的1目与黑减少的1目相加，这个官子的价值是1+1=2目。

双方的目数都有出入时，将一方增加的和另一方减少的目数相加，相加的结果就是官子的价值，这种方法简称"出入计算法"。

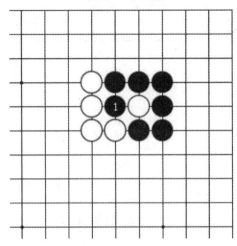

例题图 3

本图黑1提白一子，围出1目，提过的白子本身价值也为1目，所以黑棋得到了2目。

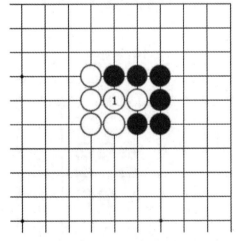

例题图 3-1

白1连回一子，防止黑棋得到2目。这个官子仅黑棋一方有2目棋的出入，所以官子价值是2目。

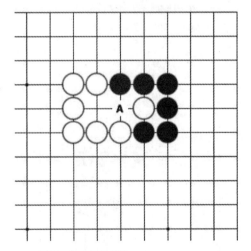

例题图 4

A位的官子是几目？

例题图 4-1

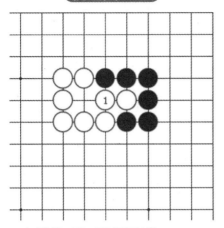

白1连回一子，同时围到1目。

例题图 4-2

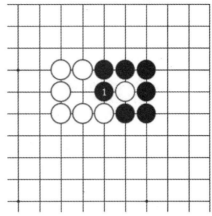

黑1提子得2目，同时防止白棋围1目，这个官子是2+1=3目。

例题图 5

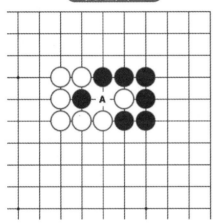

A位的官子是几目？

例题图 5-1

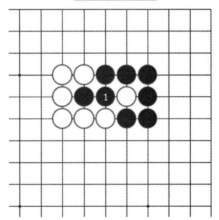

黑1连回一子，同时提白子得2目，白若1位也可连回一子同时提黑子得2目，这个官子是2+2=4目。

例题图 6

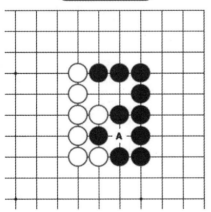

A位的劫无论黑白何方打赢，其价值仅在于劫的本身，不关乎其他，因此称为"单劫"。单劫是棋盘上价值最小的官子。

例题图 6-1

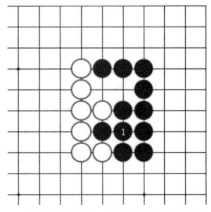

黑棋下1位粘劫，这个官子的回合结束。

例题图 6-2

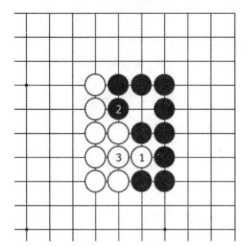

前面两图中黑白双方在单劫上花费手数合计三手棋，平均每手棋价值为三分之一目。其实没必要如此细腻，单劫的价值大致理解为半目或者不到1目就可以。

白棋下1位提劫，之后还需白3再补一手，所得是提过的一颗黑子，价值1目，但花了两手棋，平均每手棋的价值就不到1目了。

小结：
1. 设想双方正确应对后的局面，增减之和就是官子的价值。
2. 无论黑白何方先下，官子本身的价值都不会变。

练习题 1

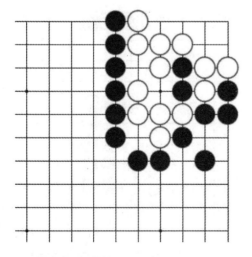

图中官子的价值是几目？

参考图 1

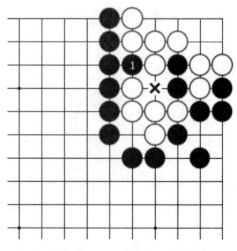

黑1使白棋减少了×位的1目，黑是后手。

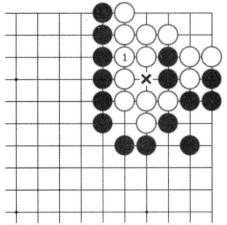

参考图 2

白1围住了×位的1目，白也是后手，这个官子的价值是双后1目。

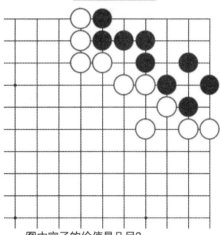

练习题 2

图中官子的价值是几目？

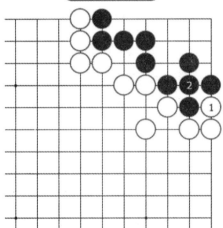

参考图 1

白1打吃，黑2接，白是先手。

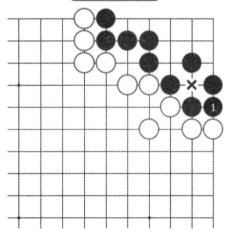

参考图 2

黑1围住了×位的1目，黑是后手，这个官子是白棋的单先1目。

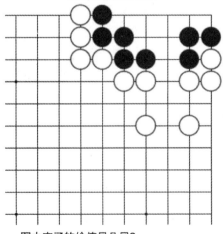

练习题 3

图中官子的价值是几目？

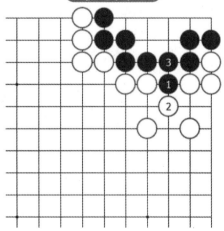

参考图 1

黑1挖，白2应，黑3接，黑是后手。

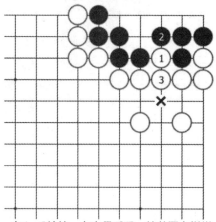

白1、3挖接，白也是后手，较前图白棋增加了×位的1目，黑棋减少了2位的1目，这个官子价值是1+1=2，是双后2目。

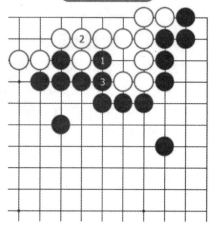

黑1打吃，白2应，黑3接，黑是后手。

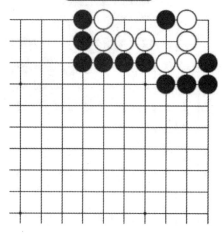

图中官子的价值是几目？

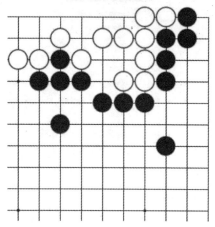

图中官子的价值是几目？

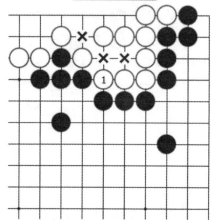

白1位围，白也是后手，较前图白棋增加了×位的3目，这个官子的价值是双后3目。

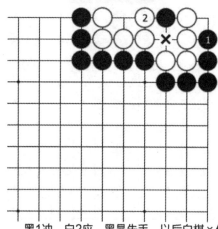

黑1冲，白2应，黑是先手，以后白棋×位还要再减1目。

参考图 2

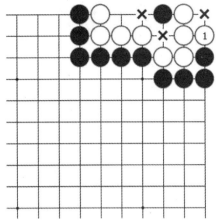

白1位围，白是后手，较前图白棋增加了 × 位的3目，这个官子是黑棋的单先3目。

练习题 6

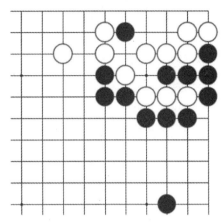

图中官子的价值是几目？

参考图 1

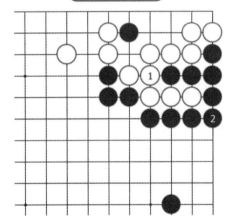

白1连回三子，黑2应，白是先手。

参考图 2

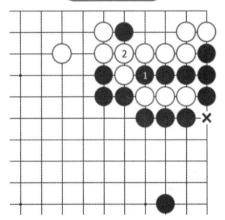

黑1提子，白2应，黑也是先手，较前图黑提三子6目加上 × 位的1目，黑棋得7目，白棋减少了2位的1目，这个官子的价值是7+1=8，是双先8目。

官子的后续价值

例题图 1

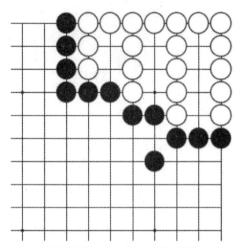

官子价值还取决于后续手段的强弱。

如图，假设盘面剩下三处官子，黑棋应该以怎样的次序进行呢？

例题图 1-1

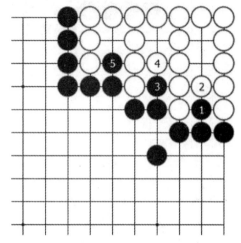

黑1从宽处冲正确，白2应，以下至黑5，白棋一共有3目。

例题图 1-2

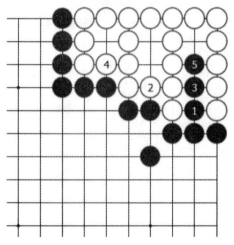

黑1时，白若2位，黑3是黑1的后续，黑5是黑3的后续，白仍是3目。

例题图 1-3

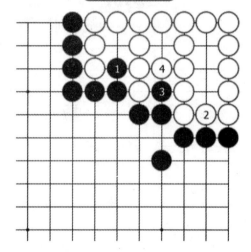

黑1若从狭窄处冲，缺少后续手段，白2以下至白4，白棋一共有4目，较前图白棋增加了1目。

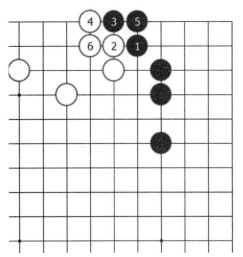

图中黑1尖的官子价值特别大，白2挡住，黑3、5扳粘的先手官子是黑1的后续。

例题图 2-1

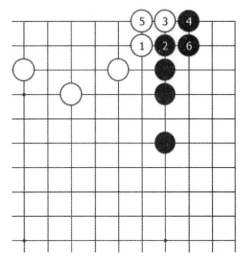

白棋走到此处，结果完全颠倒。

小结：

1. 以上几图说明了官子后续的重要性，弄清楚这点，自然就清楚收官的次序了。

2. 官子的后续手段越强价值越大。

练习题 1

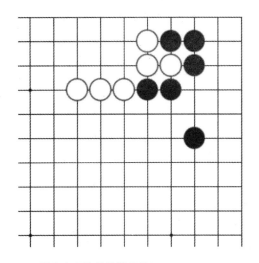

图中官子的价值是几目？

参考图 1

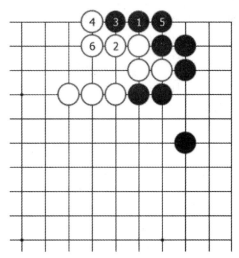

黑1扳，白2退，黑3再爬，至黑5是先手。
黑1时，白2若在3位扳，黑可在2位断。

参考图 2

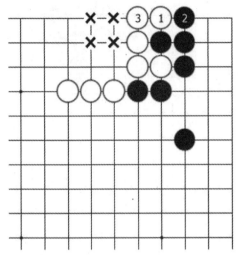

白1、3扳粘是后手，较前图白棋增加了×位的4目，黑棋减少了2位的1目，这个官子的价值是单先5目。

参考图 3

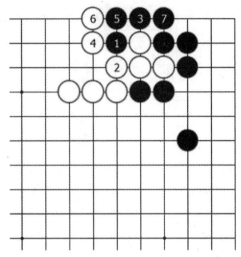

黑若1位夹，以下至黑7，较图1多破坏了白2位的1目，但黑是后手，为此1目落后手不值得。

练习题 2

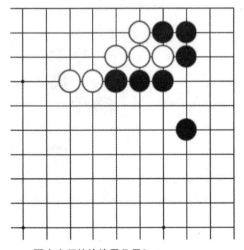

图中官子的价值是几目?

参考图 1

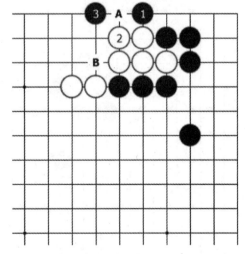

黑1扳，白若2位，黑可3位跳。白2若A位，黑可B位断。

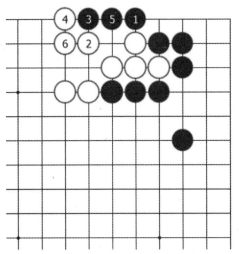

黑1时，白2是正手，黑3托积极进取，至白6，黑是先手。

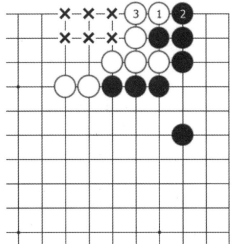

白1、3扳粘是后手，较前图白棋增加了×位的6目，黑棋减少了2位的1目，这个官子的价值是单先7目。

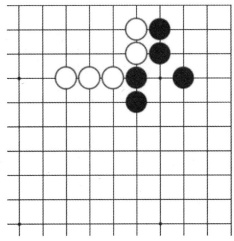

图中官子的价值是几目？

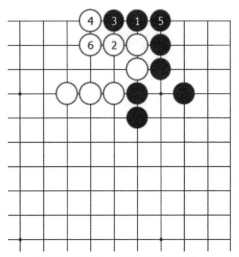

黑1扳，白2退，以下至黑5是先手。

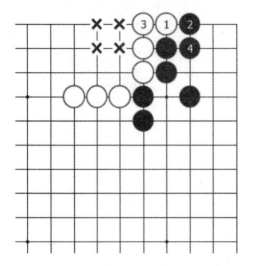

白1、3扳粘也是先手，较前图白棋增加了×位的4目，黑棋减少了2、4位的2目，这个官子的价值是双先6目。

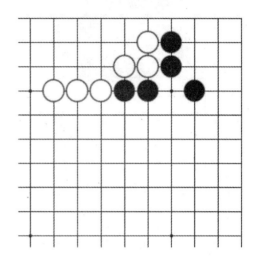

图中官子的价值是几目？

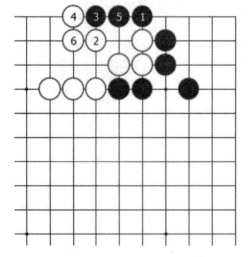

黑1扳，白2应，以下至黑5是先手。

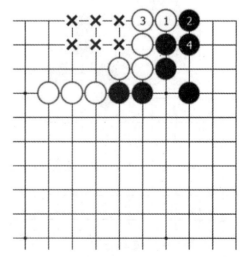

白1、3扳粘也是先手，较前图白棋增加了×位的6目，黑棋减少了2、4位的2目，这个官子的价值是双先8目。

官子的后续定型计算

例题图 1

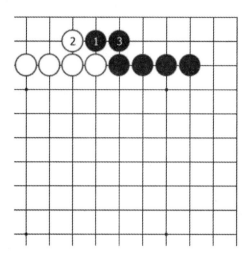

官子回合未结束时，后续属于先手的一方。

如图，黑1扳、白2挡、黑3接，此处官子并未结束，一线的官子又如何计算呢？

例题图 1-1

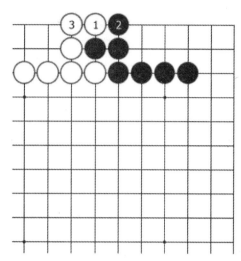

白1、3的扳粘是后手。

例题图 1-2

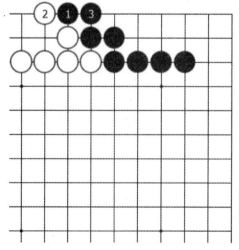

黑1、3的扳粘同样是后手。

例题图 1-3

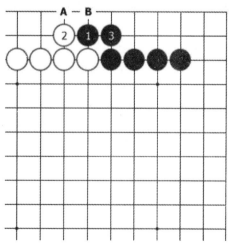

黑1、3扳粘后，一线官子双方同为后手，权利相等，故平均计算，视为A、B双方立下。

例题图 1-4

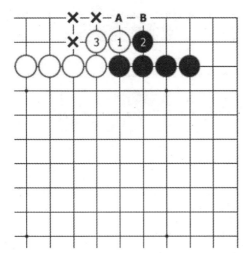

白1、3扳粘后，一线官子双方的权利相等，视为A、B双方立下，较前图白棋增加了×位的3目，黑棋减少了A、B、2位的3目，所以这个官子的价值是6目。

例题图 2

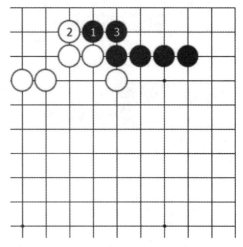

本图黑1、3扳粘后，后续的一线官子黑棋是先手。

例题图 2-1

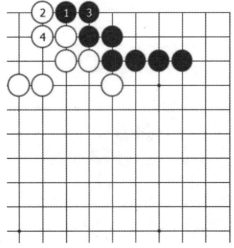

后续官子一方是先手，另一方是后手，权利属于先手的一方，所以视为黑1、3扳粘的结果。

例题图 2-2

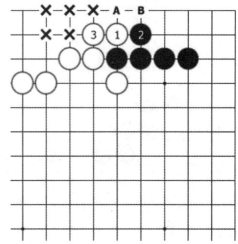

白1、3扳粘后，一线官子双方的权利相等，视为A、B双方立下，较前图白棋增加了×位的5目，黑棋减少了A、B、2位的3目，所以这个官子的价值是8目。

小结：
1. 官子回合未结束时，后续属于先手的一方。
2. 后续官子双方的权利相等时，平均计算。

练习题 1

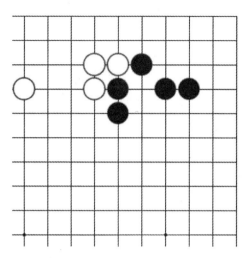

图中官子的价值是几目?

参考图 1

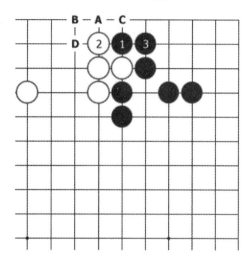

黑1、3扳粘后，一线官子视为黑A至白D的结果。

参考图 2

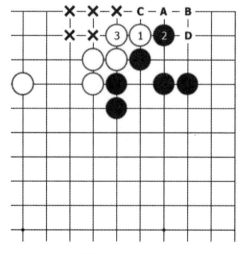

白1、3扳粘后，一线官子视为白A至黑D的结果，较前图白棋增加了×位的5目，黑棋减少了A、B、C、D、2位的5目，这个官子的价值是10目。

练习题 2

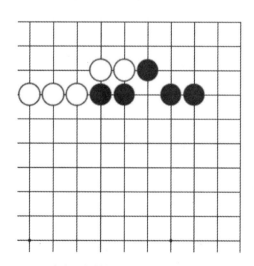

图中官子的价值是几目?

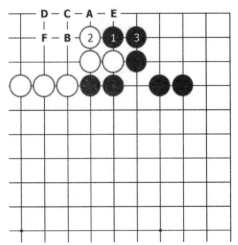

黑1、3扳粘后，一线官子视为黑A至白F的结果。

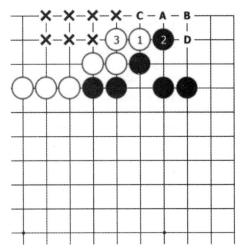

白1、3扳粘后，一线官子视为白A至黑D的结果，较前图白棋增加了×位的7目，黑棋减少了A、B、C、D、2位的5目，这个官子的价值是12目。

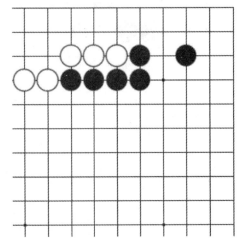

图中官子的价值是几目?

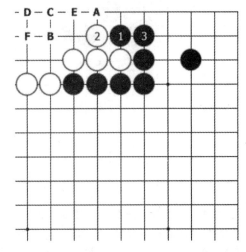

黑1、3扳粘后，一线官子视为黑A至白F的结果。

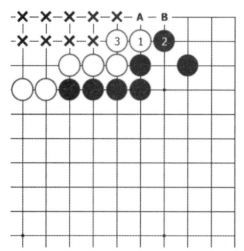

白1、3扳粘后，一线官子视为白A、黑B的结果，较前图白棋增加了×位的9目，黑棋减少了A、B、2位的3目，这个官子的价值是12目。

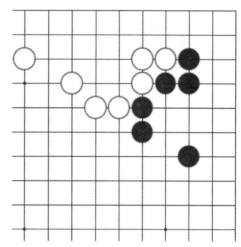

图中官子的价值是几目?

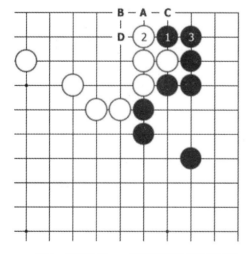

黑1、3扳粘后，一线官子视为黑A至白D的结果。

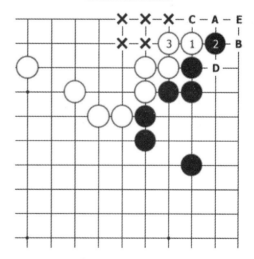

白1、3扳粘后，一线官子视为白A、黑B的结果，官子最后白C、黑D定型。较前图白棋增加了×位的5目，黑棋减少了A、B、C、D、E、2位的6目，这个官子的价值是11目。

第3节 官子的手筋

例题图1

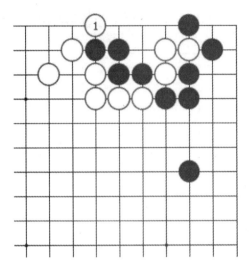

官子中的手筋，是最大限度获得目数便宜的着法。

如图，白1扳，黑棋如何应对在目数上将会有很大的变化。

例题图1-1

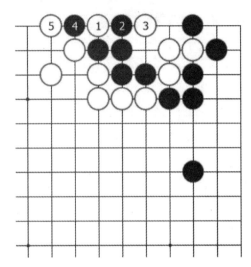

白1时，黑2应对得草率，白3打吃，黑4提，白5成劫，黑棋不行。

例题图1-2

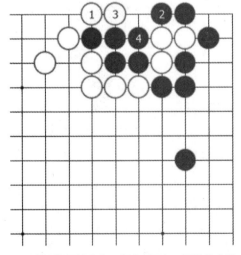

黑2位固然安全，但白3打吃，黑棋的实地被缩减。

例题图1-3

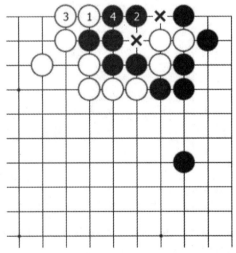

白1时，黑2尖是手筋，以后白3、黑4定型，黑棋较前图增加了×位2目。

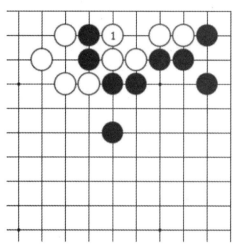

本图白1补棋，黑通过利用白的气紧，可最大限度搜刮白地。

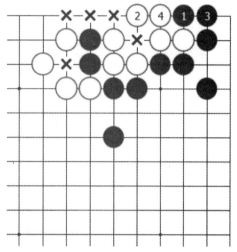

黑1扳普通，白2做眼是好棋，官子最后黑3、白4定型，白棋有×位以内的9目，黑棋完全可以做得更好。

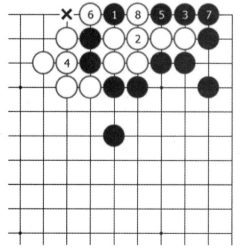

黑1打吃再3位扳如何？官子最后黑7、白8定型，白棋有×位以内的7目，较前图白棋减少了2目，但黑棋还可以更好。

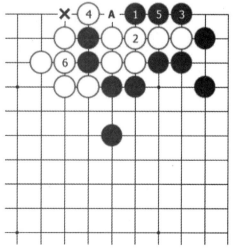

黑1点是手筋，白2应，黑3、白4时，黑1的位置明显好于A位，至白6，白棋×位以内有5目，黑棋最大限度地搜刮了白地。本图黑棋比左图便宜2目，比上图便宜4目，这就是官子手筋的威力。

例题图 3

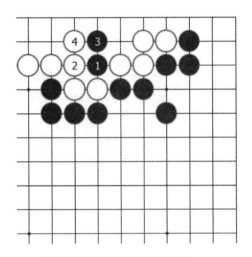

官子中通过弃子也可以获得便宜。

如图，黑1、3，白2、4紧气，黑在白棋空里走的每一步，白棋都要跟着走，所以目数上黑棋并没有损失，接下来看一下弃子的效果。

例题图 3-1

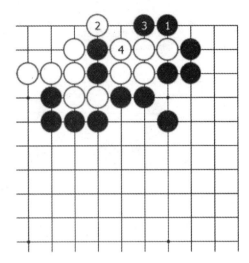

黑1、3是正常收官，白2、4因为收气，在自己的空里填子，黑棋通过弃子达到使白棋"收气减目"的效果。

例题图 3-2

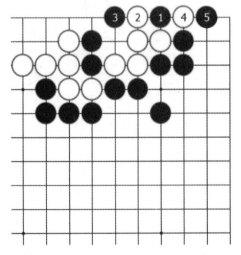

黑1时，白若2位，黑3以下成劫，白棋不利。

例题图 3-3

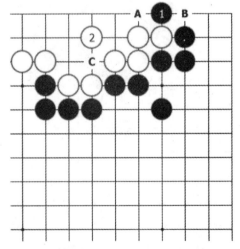

黑1若直接扳，白2一手补净，以后视为白A黑B的结果，较图2，白棋增加了2目。黑1时，白若A位，黑C位断白棋不利。

例题图 4

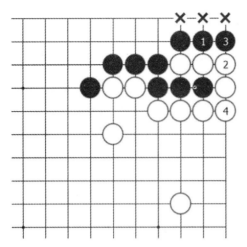

本图黑1打吃，白2连接似乎是必然，结果黑棋×位以内有3目。

例题图 4-1

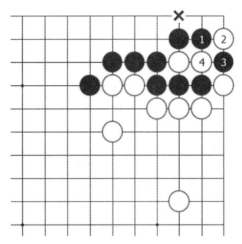

黑1时，白2扳是好棋，黑3、白4相互提子，黑棋多提一子得1目加上×位的1目，合计2目，较前图白棋便宜了1目。

例题图 5

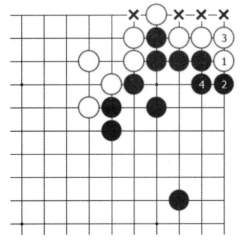

本图白1扳有疑问，但黑2没有抓住机会，至黑4，白棋在角部×位以内围出了4目。

例题图 5-1

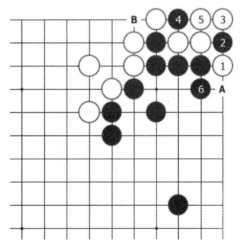

白1时，黑2、4位扑机敏，使白棋形成假眼，B位、4位、2位白棋都围不成目，较前图白棋收获甚少。黑6若对打劫自信，可直接于A位打吃。

例题图 5-2

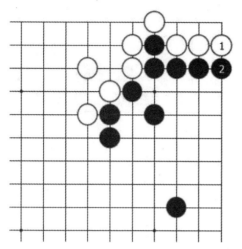

白1立是正着，如此黑棋没有施展手段的机会，黑若2位应，白棋等于先手围出4目。

例题图 5-3

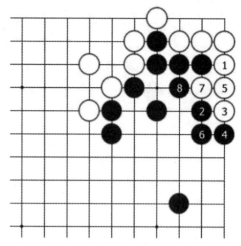

前图黑2若脱先，白1冲，黑2是最佳应对，以下至黑8是白棋的先手7目大官子。

例题图 6

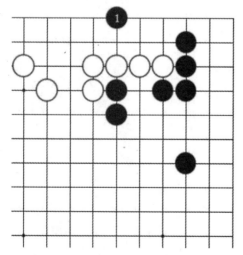

将棋子一路大飞于对方阵营的着法，称为"仙鹤伸腿"。如图，黑1一路大飞，棋形细长，形似鹤腿。一路大飞的官子价值很大，在实战中是必争的。

例题图 6-1

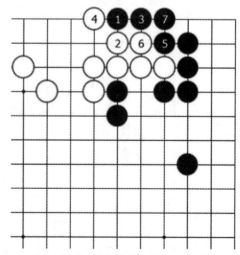

黑1时，白2是常见的应对，黑若3位以下至黑7是后手，通常大飞的一方都以先手为原则，所以黑棋一般不会这样下。

例题图 6-2

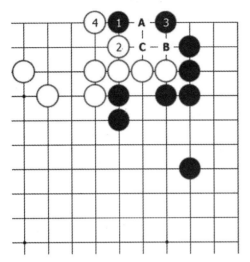

白2时，黑3尖意在争先，白4时，黑棋脱先，以后官子视为白A、黑B、白C的结果。

例题图 6-3

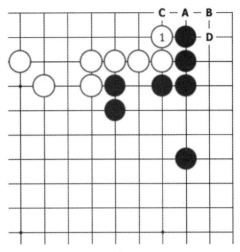

如果此处白1走到，以后官子视为白A、黑B、白C、黑D的结果，较前图白棋增加了3目，黑棋减少了3目，这个官子的价值为6目。

例题图 7

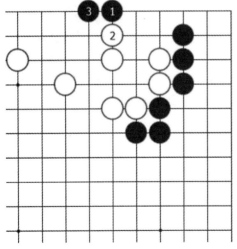

本图黑1大飞，白2若照图2的下法应对，黑3可以往里爬，白棋目数受损。可见面对一路大飞，应对的方法不是固定的。

例题图 7-1

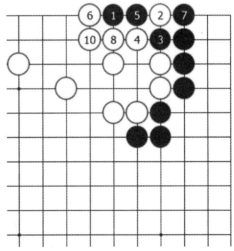

黑1时，白2是正确的应对，通过弃子压制黑棋，黑3以下至白10，白棋把损失降至最低。

例题图 8

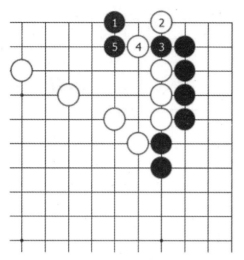

本图黑1大飞的情况又变了，白2若照图6的下法应对，至黑5白棋显然不行。

例题图 8-1

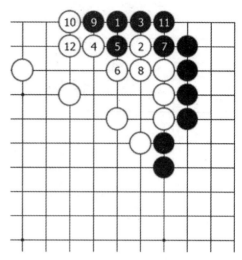

黑1时，白2是正确的应对，以下至白12，白棋把损失降至最低。

例题图 9

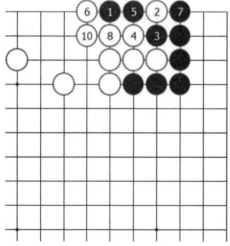

本图黑1大飞，白2以下是一种应对，但白棋还可以做得更好。

例题图 9-1

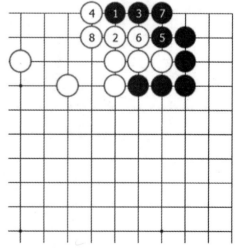

黑1时，白2以下是另一种应对，结果与前图大同小异。白4时，黑若于8位打吃，白于7位打吃，黑棋不行。

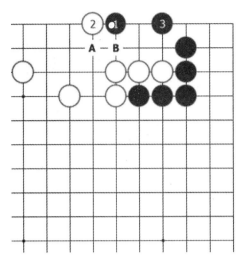

黑1时，白2是正解，黑3尖，下一步A、B白棋如何选择？

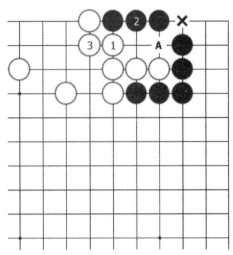

白1打吃是俗手，黑2应，白3接，以后白棋A位是后手，黑棋有围出×位1目的可能。

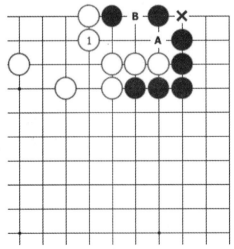

白1是正手，以后白棋A位是先手，黑棋需要防止B位的扑，黑棋×位不能成目。本图白棋比上面两图便宜1目。

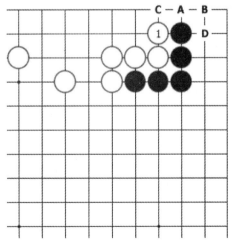

如果白走到1位，以后官子视为白A、黑B、白C、黑D的结果，较前图白棋增加了6目，黑棋减少了2目，这个官子的价值为8目。

例题图 10

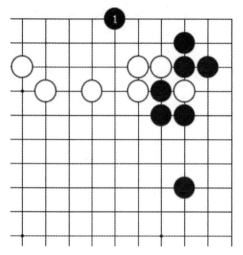

本图黑1大飞，白如何应对？

例题图 10-1

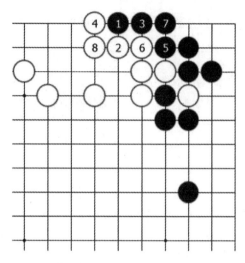

黑1时，白2是正确的应对， 以下至白8为一型。

例题图 10-2

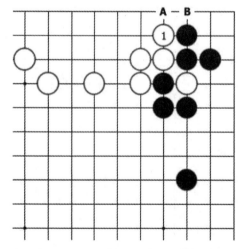

如果此处白1走到，以后官子视为A、B双方立下的结果，较前图白棋增加了6目，黑棋减少了1目，这个官子的价值为7目。

例题图 11

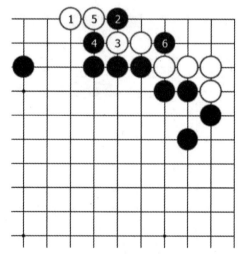

本图的情况白1大飞不成立， 黑2以下可将白棋分断。

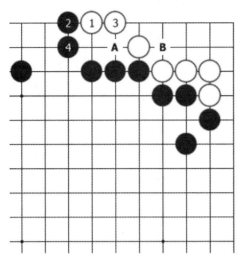

例题图 11-1

此时白1小飞是好棋，黑2是正确的应对，
至黑4，以后的官子视为黑A、白B的结果。

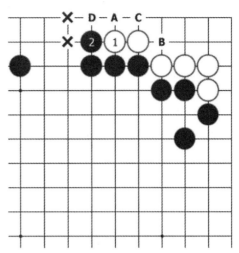

例题图 11-2

白若1位是错误的收官，黑2应，以后的官
子视为黑A、白B，白C、黑D的结果，黑棋明
显比前图多×位2目。

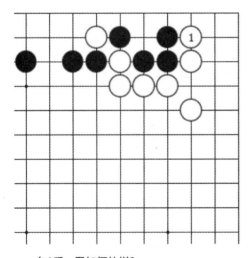

练习题 1

白1后，黑如何补棋?

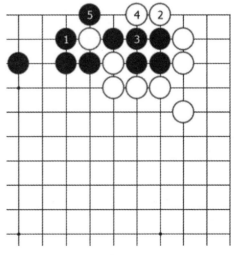

失败图

黑若1位，白2、4打吃，黑棋的实地被
缩减。

正解图

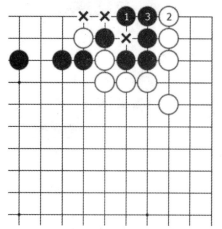

黑1做眼是好棋，较前图黑棋增加了×位的3目。

失败图

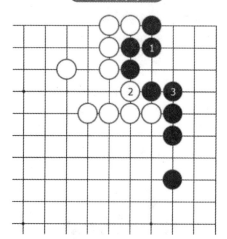

黑若1位，白2是先手，黑3还需要补棋。

练习题 3

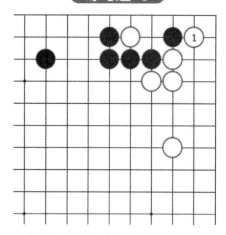

白1后，黑如何补棋?

练习题 2

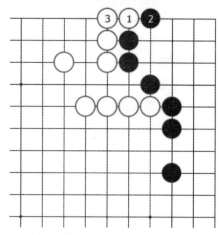

白1、3后，黑如何补棋?

正解图

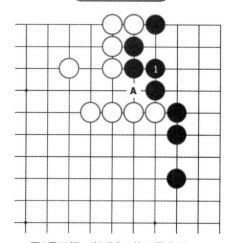

黑1是正解，以后白A位不是先手。

失败图

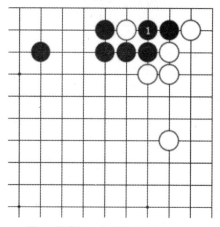

黑1不思进取，白棋获得先手。

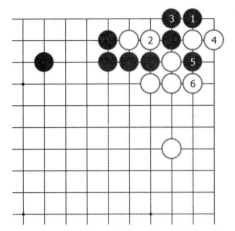

黑1扳积极进取，白若2位，黑3接，白4时，黑5断是争先手的好棋。

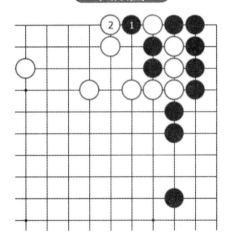

黑若1位提，白2应。黑棋还可以做得更好。

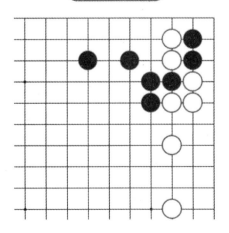

黑先，角上黑如何补棋？

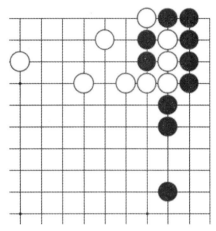

黑先，如何收官？

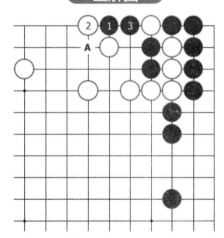

黑1托是手筋，白棋还需要补A位的断点。

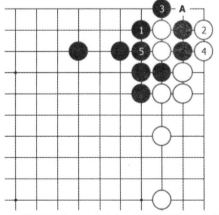

黑若1位收气，白2夹，黑地被缩减。白2时，黑若4位，白A位成劫，黑棋不利。

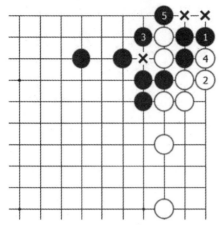

黑1是好棋，白2以下至黑5，较前图黑棋增加了×位的3目。

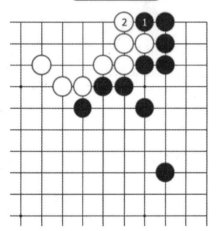

黑若1位冲，白2应。黑棋还可以做得更好。

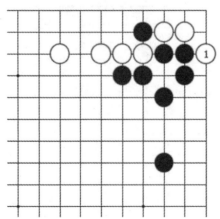

白1时，黑棋如何收官？

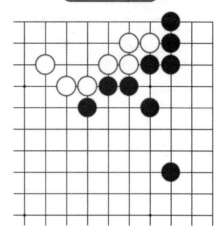

黑先，如何收官？

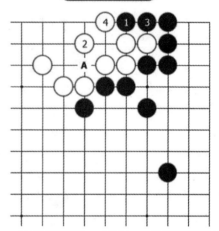

黑1托是手筋，白2应，较前图黑棋便宜了2目。黑1时，白若3位断，黑A位断，白棋不行。

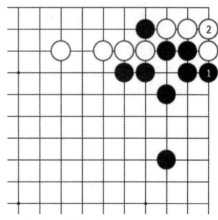

黑1没有抓住机会。

正解图

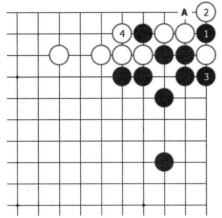

黑1扑，白2提，黑3打吃，白4补棋。以后黑1位提劫还有A位再提的后续，较前图黑棋获得便宜。

失败图

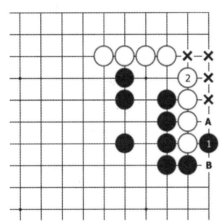

黑若1位，白2退，以后一路官子视为白A黑B的结果，白棋×位以内有4目。

练习题 9

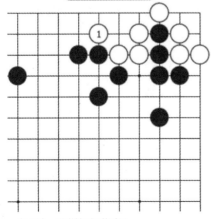

白1时，黑棋如何收官？

练习题 8

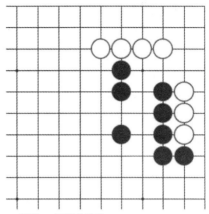

黑先，如何收官？

正解图

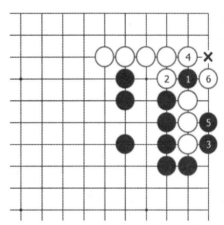

黑1扳是好棋，白2断，黑3、5正常收官，白4、6收气减目，白棋在×位以内有3目。

失败图

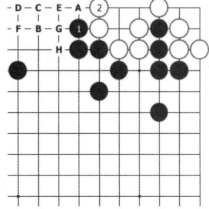

黑若1位，白2立，以后黑A位是后手，白若得到A位则以下按字母顺序至黑H，是白棋先手7目的官子。

正解图

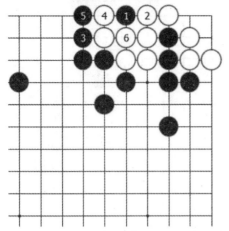

　　黑1点，白2确保眼位，黑3、5都成为先手。

练习题 10

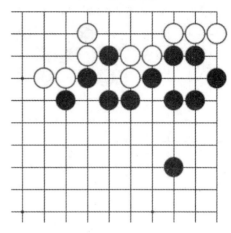

　　黑先，如何收官?

图1

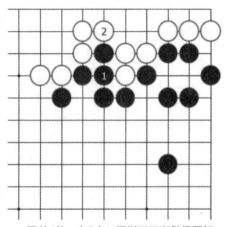

　　黑若1位，白2应，黑棋还可以做得更好。

图2

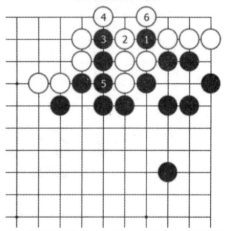

　　黑1断是好棋，白2应，黑3冲，以下至白6，较前图黑棋便宜了2目。

练习题 11

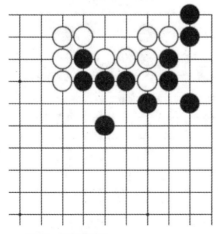

　　黑先，如何收官?

图1

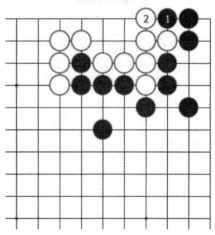

　　黑若1位，白2应，黑棋还可以做得更好。

图2

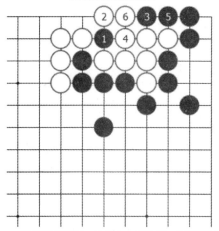

黑1断是好棋，白2应，黑3托，以下至白6，较前图黑棋便宜了2目。

失败图

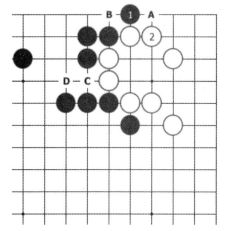

黑1扳，白2应，以后的官子视为白A、黑B，白C、黑D的结果，黑棋还可以做得更好。

练习题12

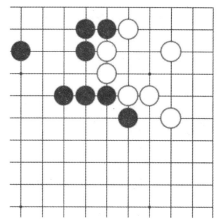

黑先，如何收官?

正解图

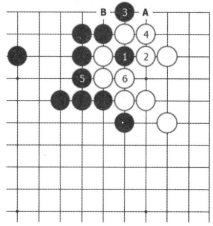

黑1断是手筋，白2应，黑3、5都是先手，以后一线官子视为白A、黑B的结果。白2若于6位应，黑棋有4位收官的选择。

第4节 收官的次序

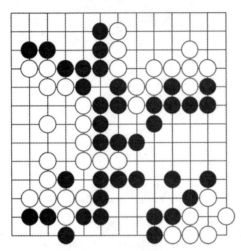

一盘棋的官子有很多，如何通过正确的顺序收完所有的官子，是制胜的关键。

接下来以十三路的棋盘作为官子练习，规则为黑棋贴给白棋3目，官子结束后若全盘黑棋领先4目，贴目后黑胜1目，以此类推。

黑棋需要判断轻重缓急，争取双先官子，左下角的定型很有讲究，只要一个失误，胜负的结果就会完全颠倒。

图1

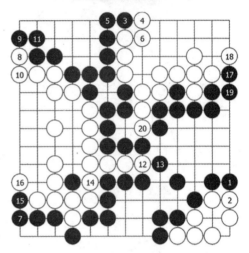

以下为正确的收官顺序，黑1威胁白棋的死活最大，白2应，黑3双先4目，黑7逆收5目，白8单先3目，白14后手4目，黑17双后2目，白20后手1目。全盘黑棋40目，白棋36目加上黑贴3目，结果黑胜1目。

图2

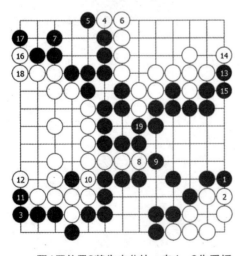

图1里的黑3若先走此处，白4、6先手扳粘，黑7是最强应手，以下至黑19。全盘黑棋40目，白棋38目加黑贴3目，结果白胜1目。

图3

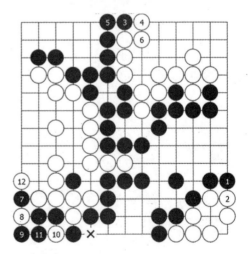

图1里的黑7若此处扳，白8扑以下至白12，黑棋还需要在×位补棋，黑7是错误的手法。

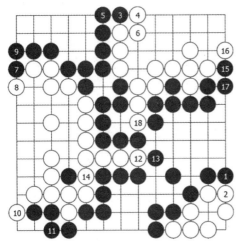

图 4

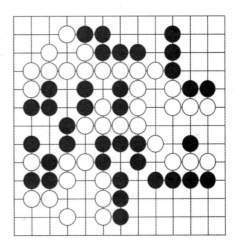

练习题 2

图1里的黑7若走此处是逆收3目，白10先手5目，以下至白18。全盘黑棋38目，白棋36目加黑贴3目，结果白胜1目。

白先，黑贴3目，白若正确收官，结果为白胜1目。

白棋需要合理地运用先手，右下方的两处扳接次序至关重要，左下角的官子白棋要以先手结束，以便争取到其他官子。

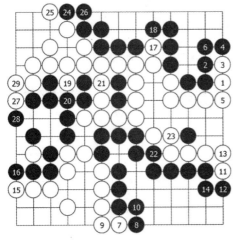

图 1

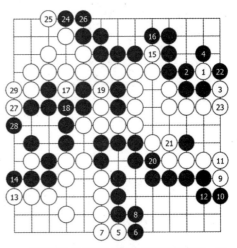

图 2

以下为正确的收官顺序，白1先手5目，白7先从这边扳，再于白11位扳是好次序，白15立瞄着要长出二线一子，黑16应，白21后手4目，以下至黑29，全盘黑棋38目，白棋36目加黑棋贴3目，结果白胜1目。

图1里的白1若于此处夹是错误的手法，黑4时白不愿落后手，以下至黑18，白19选择价值最大的后手4目，黑22提先手3目，以下至白29，全盘黑棋40目，白棋36加黑棋贴3目，结果黑胜1目。

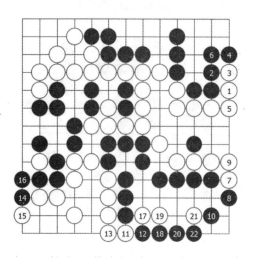

图3

图1里的白7若先扳此处，白再13时，黑14脱先，白17断的手段不成立。

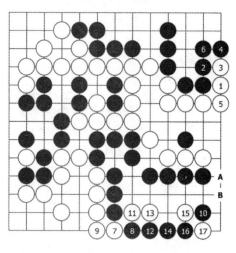

图4

如图白7、9扳粘后，黑10若想兼顾A位的扳，白11断以下至白17，黑棋不行，此时可以看出白棋不做A与B交换的好处。

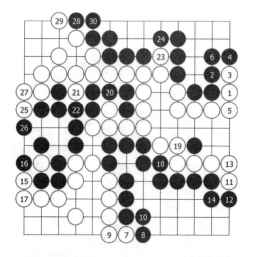

图5

图1里的白15若于此处扳是错误的手法，黑获先手走到20位，以下至黑30，全盘黑棋37目，白棋32目加黑贴3目，结果黑胜2目。

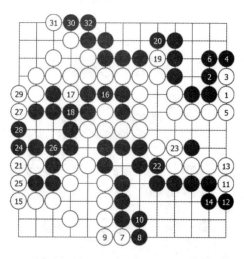

图6

图1里的黑16若走此处为后手4目，白21的价值有5目，以下进行至黑32，全盘黑棋33目，白棋32目加黑贴3目，结果白胜2目。

小结：

全盘收官是官子知识的综合运用，其中需要判断轻重缓急，计算大小价值，注意先后次序等。

黑方： _____   时间： _____

白方： _____

胜负： _____

打劫记录：

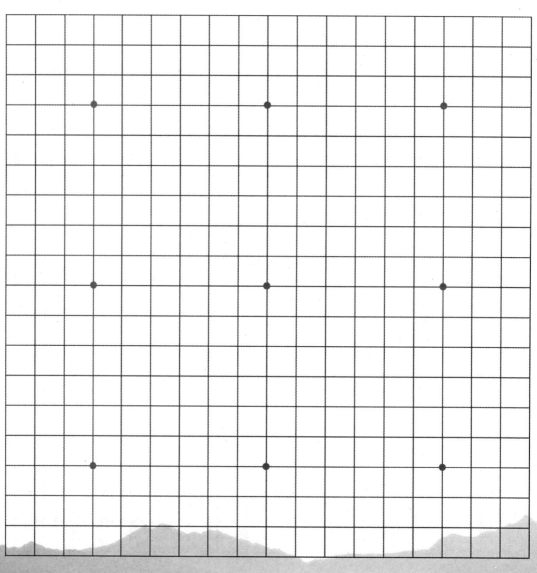

对局展示

黑方：_____   时间：_____

白方：_____

胜负：_____

打劫记录：

对局简评

技术层面
_____
_____
_____

心理层面
_____
_____
_____

思维层面
_____
_____
_____

认知提升
_____
_____
_____

成长感悟
_____
_____

三围一联之联络分断→战术配合

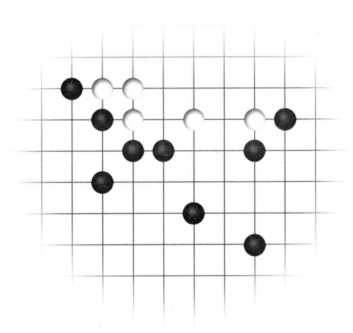

第一章 连接与切断

例题图 1

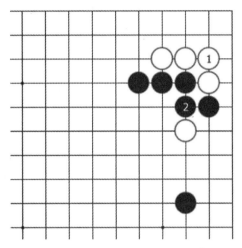

"连接"使己方棋子变强，"切断"使对方棋子变弱。连接与切断是判断棋子强弱的重要标准。

如图，白1将棋子连接，黑2也连接，双方的棋形逐步完善。

例题图 1-1

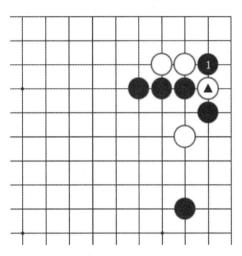

白棋如果不连接，黑于1位断，▲白棋被吃，其他白棋也变弱了。

例题图 1-2

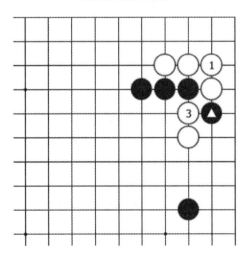

白1后，黑棋若不连接，白3断，△黑棋被吃，周围的黑棋也七零八落。

例题图 2

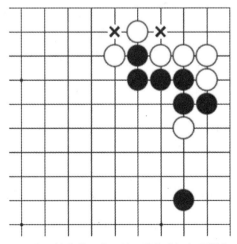

本图的白棋虽有×位两处断点，但黑棋能否进行切断就需要经过计算。

例题图 2-1

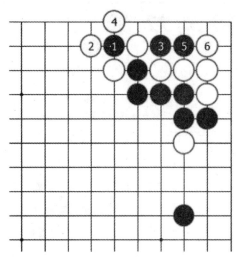

　　黑1如果断上来，白2可吃住黑棋，同样黑3位断也不成立，如图进行黑棋被吃。

例题图 2-2

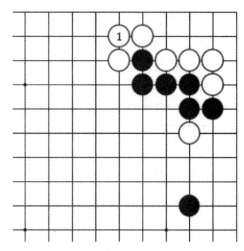

　　既然黑棋不能切断白棋，白棋如果1位连接则是画蛇添足。

小结：
1. 连接可以使己方变强，切断可以使对方变弱。
2. 是否需要连接或者能否切断对方，需要判断和计算。

练习题 1

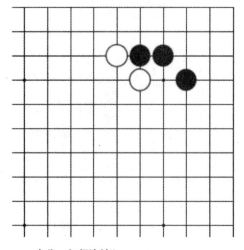

　　白先，如何连接？

正解图

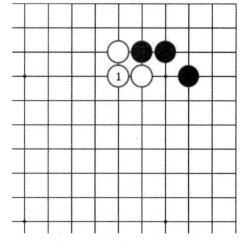

　　白1位连接使自身变强。

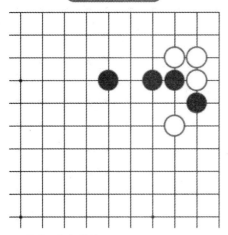

黑先，如何连接？

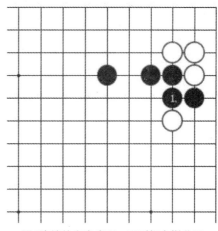

黑1连接使自身变强，同时把白棋分开。

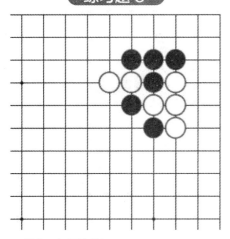

黑先，如何连接？

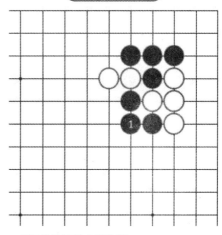

黑1位连接使自身变强。

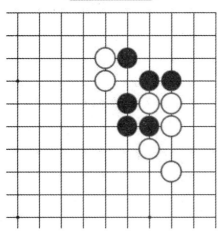

黑先，如何连接？

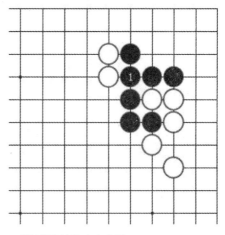

黑1位连接使自身变强。

练习题 5

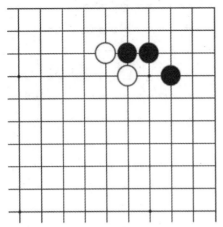

黑先，如何切断白棋?

正解图

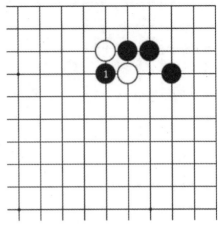

黑1切断，白棋变弱。

练习题 6

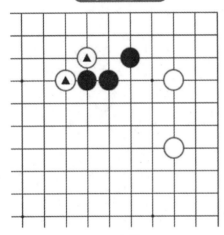

黑先，如何切断▲白棋?

正解图

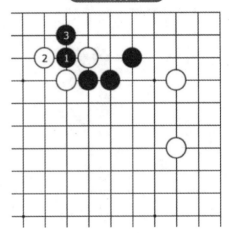

黑1切断，白2打吃，黑3长。

练习题 7

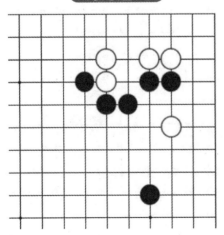

白先，如何切断黑棋?

正解图

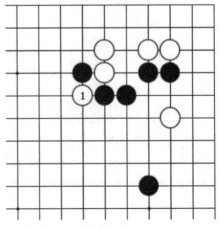

白1切断，与黑棋作战。

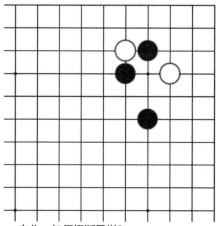

白先，如何切断黑棋？

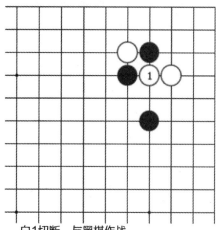

白1切断，与黑棋作战。

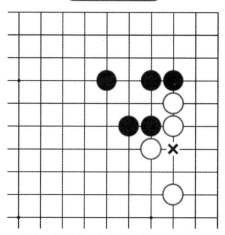

黑先，能否在×位切断白棋？

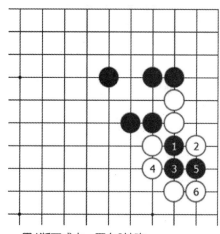

黑1断不成立，至白6被吃。

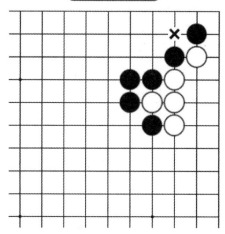

白先，能否在×位切断黑棋？

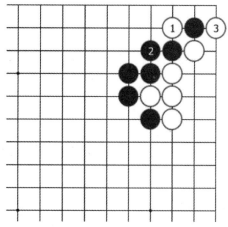

白1可以切断黑棋，黑2、白3打吃。

练习题 11

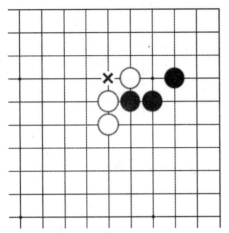

黑先，能否在×位切断白棋？

分析图

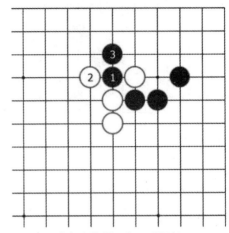

黑1可以切断白棋，白2、黑3长。

练习题 12

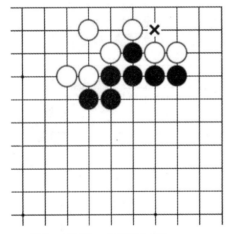

黑先，能否在×位切断白棋？

分析图

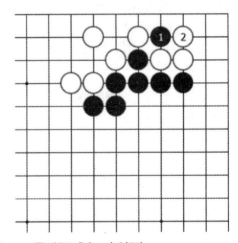

黑1断不成立，白2打吃。

第二章 联络的方法

例题图 1

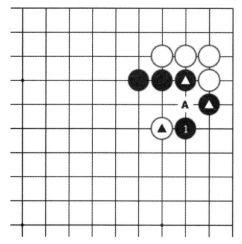

黑1和△黑棋形成的棋形称为"虎"，保护A位断点的同时还对▲白子施加压力。黑1虎比A位连接的效率更高。

例题图 1-1

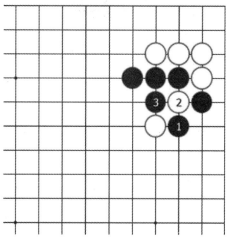

白2如果送入"虎口"，自身只有一口气，黑3将白2提吃。

例题图 2

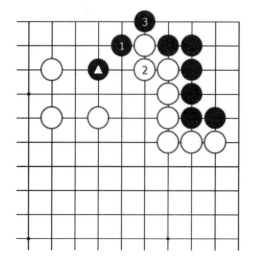

"尖"是坚实的行棋步伐，常用于棋子之间的联络。

如图，黑1尖，白2接，黑3将△黑棋与右边取得联络。黑3从一线联络也称"渡"。

例题图 2-1

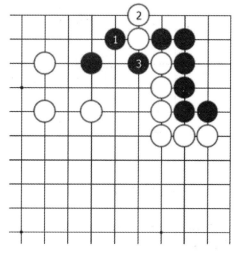

白若2位，黑3与黑1配合形成虎口，切断并吃住白棋。

例题图 3

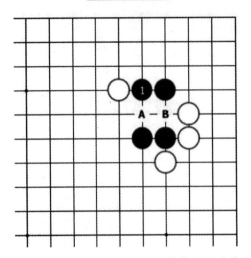

由两个跳并在一起形成的棋形，称为"双"。

如图，黑1后形似两个跳并在一起，白棋无法同时占据A、B两点，因此黑棋不会被切断。

例题图 4

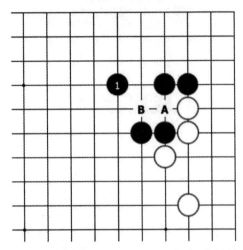

"跳"是轻灵的行棋步伐，也常用于棋子的联络。

如图，黑1跳联络，以后白若A位冲，黑B位挡住又可形成虎口，所以黑棋是联络的棋形。

例题图 5

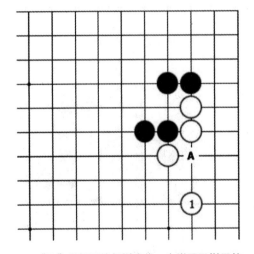

"飞"是轻灵的行棋步伐，也常用于棋子的联络。

如图，白1飞不仅可以补A位的断点，还扩大了地盘。

例题图 5-1

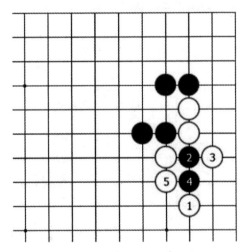

白1飞，黑2若断上来，白3以下可以吃住黑棋。

小结：每种联络的方法都各有特点，应根据局面灵活运用。

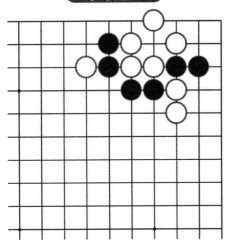

黑先，如何取得联络?

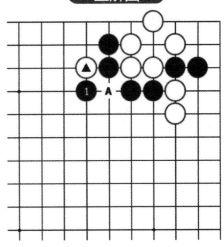

黑1虎，防住了A位断点，紧了▲白棋的气。

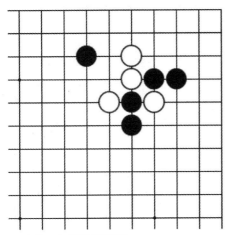

白先，如何取得联络?

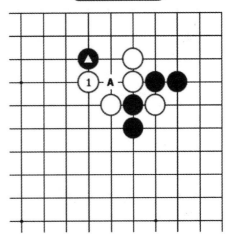

白1虎，防住了A位断点，紧了△黑棋的气。

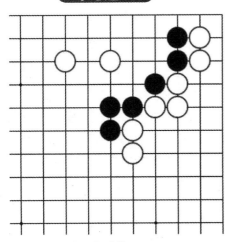

黑先，如何取得联络?

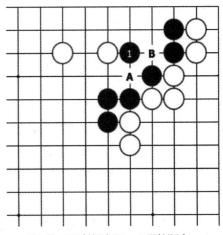

黑1虎，同时补到了A、B两处断点。

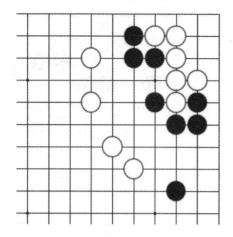

黑先，如何取得联络?

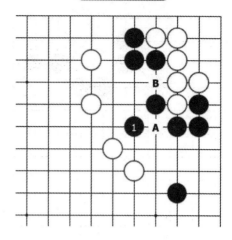

黑1虎，同时补到A、B两处断点。

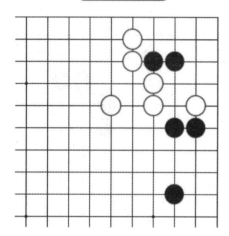

黑先，如何取得联络?

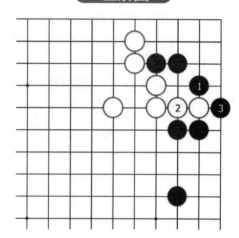

黑1尖，白2接，黑3渡过。

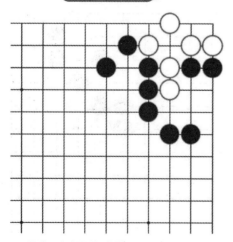

黑先，如何取得联络?

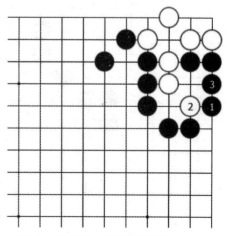

黑1尖，白2追击，黑3取得联络。

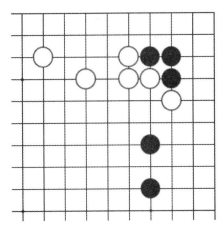

黑先，如何取得联络?

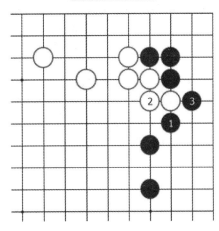

黑1尖，白2接，黑3渡过。

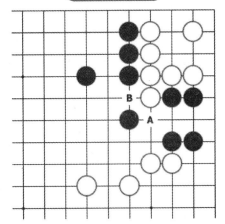

黑先，黑有A、B两处断点，如何取得联络?

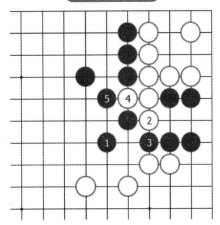

黑1尖，白2、4冲，黑3、5可与黑1配合形成虎口，黑棋获得联络。

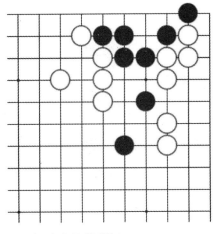

黑先，如何取得联络?

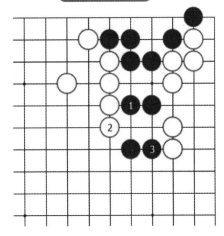

黑1双，将上下黑棋联络，白2位，黑3再双。

155

练习题 10

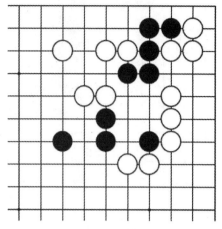

黑先，如何取得联络？

正解图

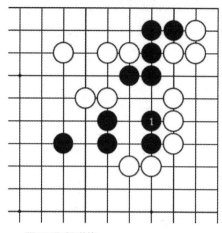

黑1双取得联络。

练习题 11

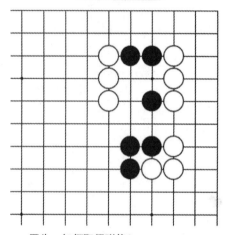

黑先，如何取得联络？

正解图

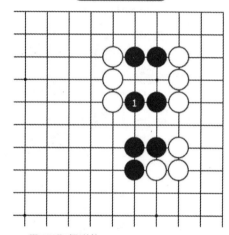

黑1双取得联络。

练习题 12

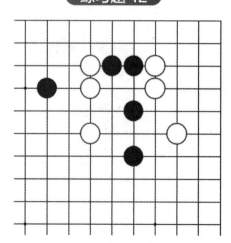

黑先，如何取得联络？

正解图

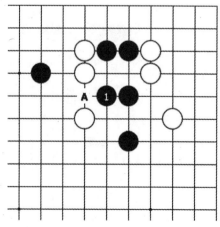

黑1双联络，且瞄着A位冲断。

练习题 13

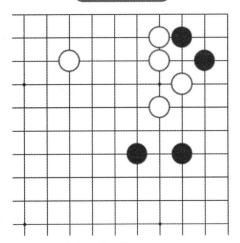

黑先，如何取得联络?

正解图

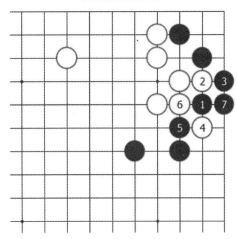

黑1跳，白2冲，黑3以下取得联络。

练习题 14

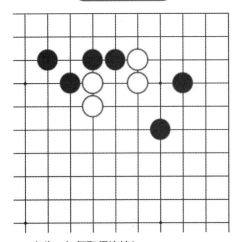

白先，如何取得连接?

正解图

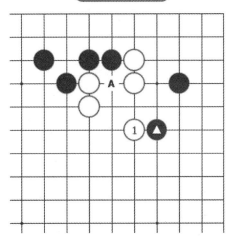

白1跳，补A位断点，同时给△黑子施压。

练习题 15

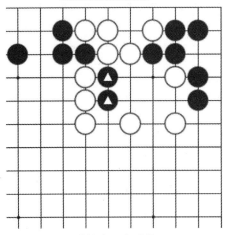

黑先，△黑棋如何取得联络?

正解图

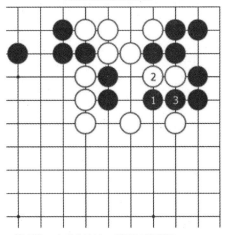

黑1跳，白若2位冲，黑3取得联络。

练习题 16

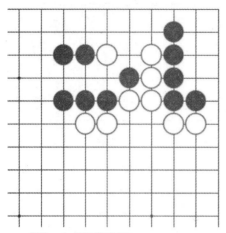

黑先，如何取得联络？

正解图

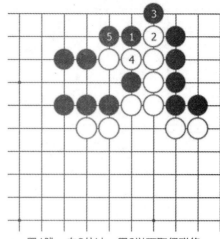

黑1跳，白2位冲，黑3以下取得联络。

练习题 17

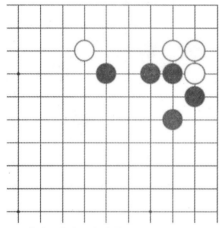

白先，如何取得联络？

正解图

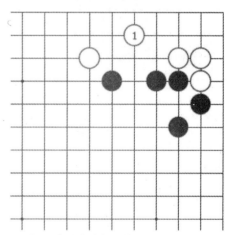

白1飞将左右白棋联络。

练习题 18

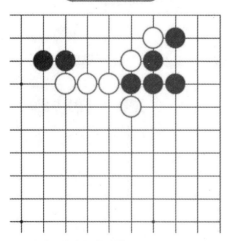

黑先，如何取得联络？

正解图

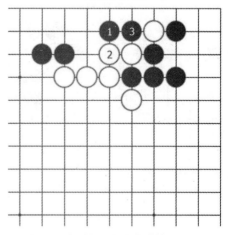

黑1飞，白2接，黑3取得联络。

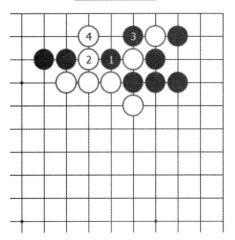

黑若1位打吃,白2反打,黑被分断。

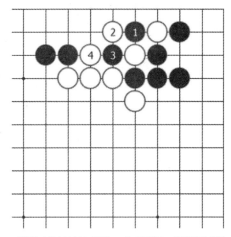

黑若1位从这边打吃,白2反打,以下形成劫。

练习题 19

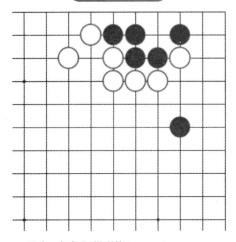

黑先,如何取得联络?

正解图

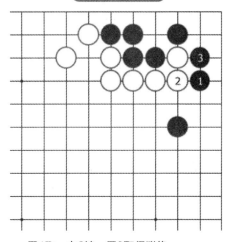

黑1飞,白2接,黑3取得联络。

失败图 1

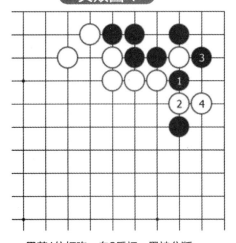

黑若1位打吃,白2反打,黑被分断。

失败图 2

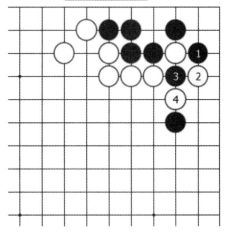

黑若1位从这边打吃,白2位,以下成劫。

练习题 20

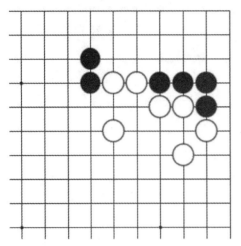

黑先，如何取得联络？

正解图

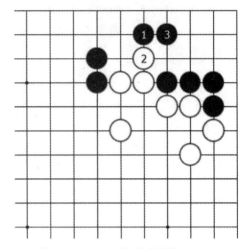

黑1飞，白2顶，黑3取得联络。

失败图 1

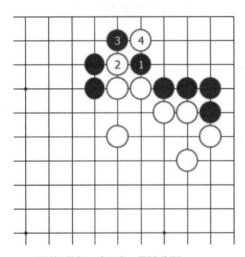

黑若1位扳，白2冲，黑被分断。

失败图 2

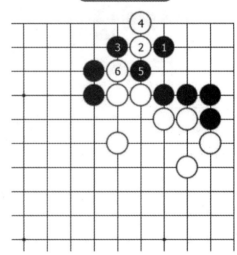

黑若1位，白2以下至白6，黑被分断。

第三章 分断的方法

例题图 1

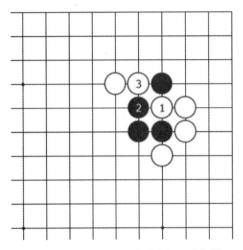

己方棋子呈连接状，向对方间隔处行棋，称为"冲"。

如图，白1冲，黑2挡，白3断将黑棋分为两块。

例题图 1-1

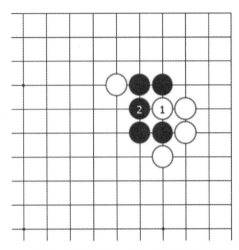

"冲"若不能打击对方，很可能变成帮忙的棋。

如图，白1冲，黑2接，白棋使黑棋变得更坚固了，白1的冲就应保留。

例题图 2

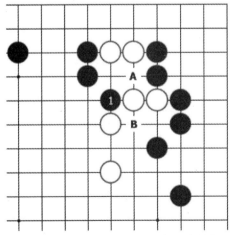

"尖"也可以用作分断对方棋子的方法，如图，黑1尖可以切断白棋，A、B两点黑棋必得其一。

例题图 3

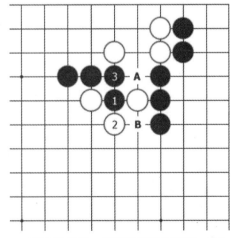

在对方棋子一间跳的间隔处行棋，称为"挖"。

如图，黑1挖，白2打吃，黑3后将A、B两点视为见合（必得其一）。

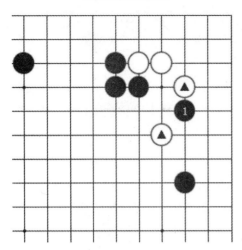

在己方原有棋子的援助下，从对方小飞的间隔处碰，称为"跨"。

如图，黑1在▲白棋之间跨将白棋分断。

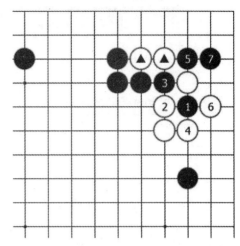

黑1跨，白2冲，黑3断，白如果4位打吃，以下至黑7，黑1虽被白棋吃掉，但黑棋也将角上▲白两子吃住，黑棋有利。白4若走黑5位，黑走白4位。

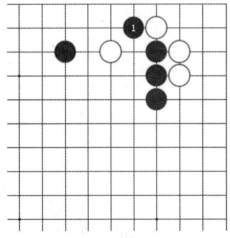

双方棋子紧贴在一起时，一方从斜角向对方迎头处行棋，称为"扳"。

黑1扳将白棋分断。

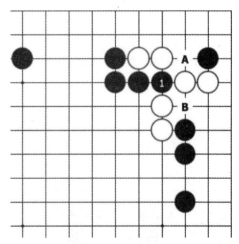

在对方棋形尖的其中一侧嵌入棋子，使对方棋形出现断点，称为"挤"。

如图，黑1挤将白棋分断，A、B两点黑棋必得其一。

小结：每种分断的方法都各有特点，应根据局面灵活运用。

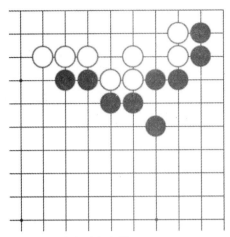

黑先，如何冲断白棋？

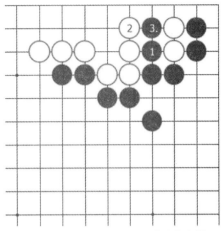

黑1冲，白2只有退，黑3断并吃住白棋。

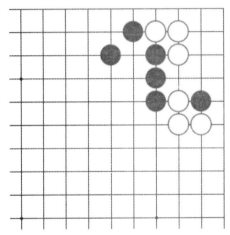

黑先，如何冲断白棋？

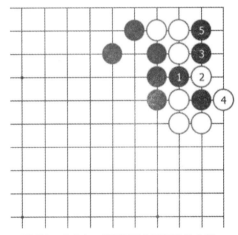

黑1冲，白2应，黑3以下分断并吃住白棋。

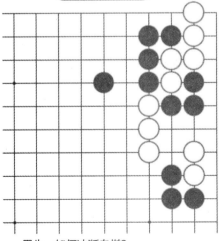

黑先，如何冲断白棋？

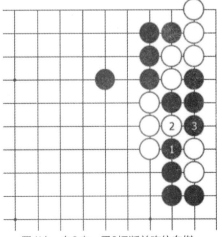

黑1冲，白2应，黑3切断并吃住白棋。

练习题 4

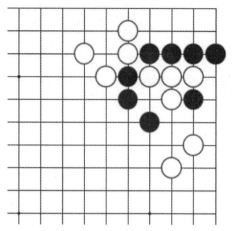

黑先，如何冲断白棋?

正解图

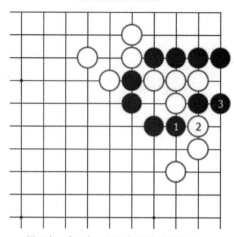

黑1冲，白2应，黑3分断并吃住白棋。

练习题 5

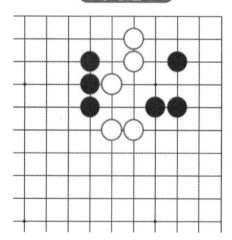

黑先，如何尖断白棋?

正解图

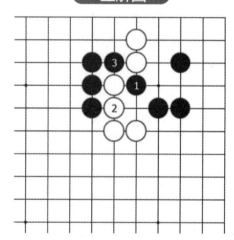

黑1尖，白2时，黑3断。

练习题 6

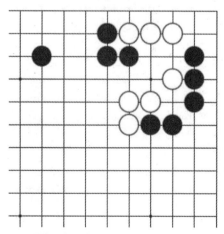

黑先，如何尖断白棋?

正解图

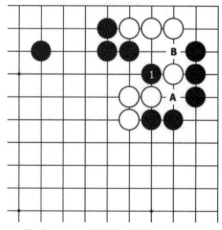

黑1尖，A、B两处黑必得其一。

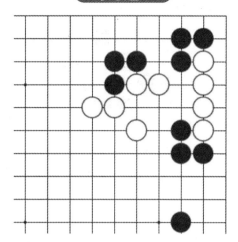

黑先，如何尖断白棋？

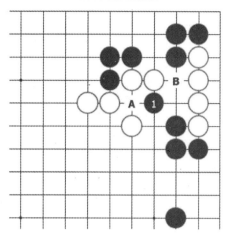

黑1尖，A、B两点黑必得其一。

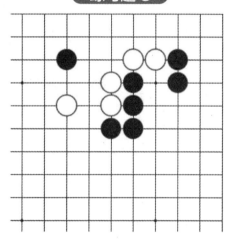

黑先，如何尖断白棋？

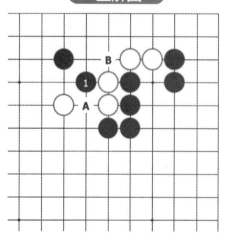

黑1尖，A、B两点黑必得其一。

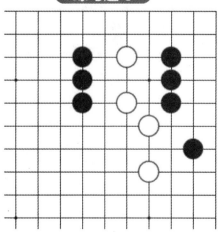

黑先，如何挖断白棋？

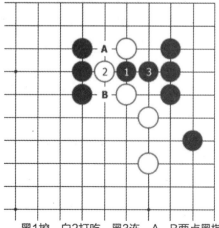

黑1挖，白2打吃，黑3连，A、B两点黑棋必得其一。

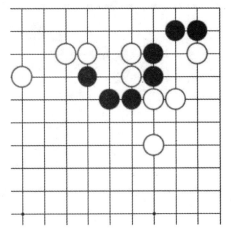

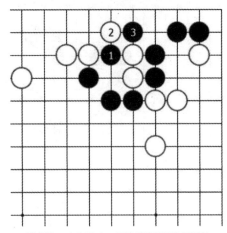

黑先，如何挖断白棋?

黑1挖，白2打吃，黑3分断并形成倒扑。

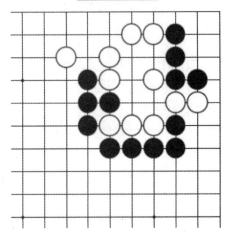

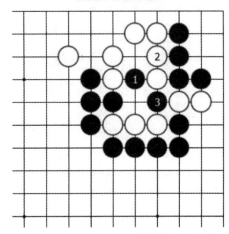

黑先，如何挖断白棋?

黑1挖，白2接，黑3形成倒扑并分断白棋。

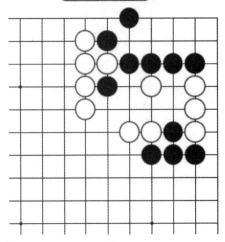

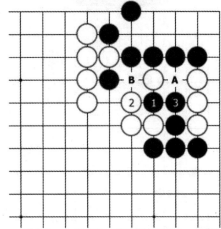

黑先，如何挖断白棋?

黑1挖，白2打吃，黑3接，黑棋A、B两处必得其一。

练习题 13

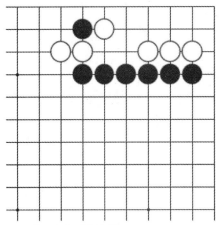

黑先，如何跨断白棋?

正解图

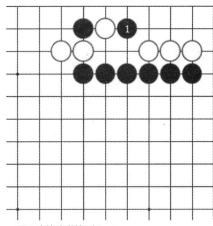

黑1跨将白棋切断。

练习题 14

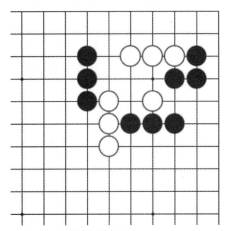

黑先，如何跨断白棋?

正解图

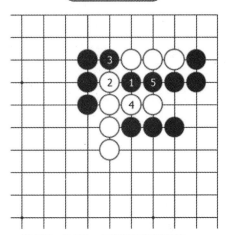

黑1跨，白2冲，黑3以下切断白棋。

练习题 15

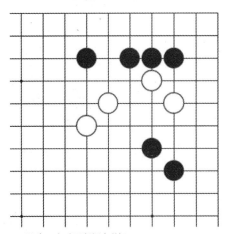

黑先，如何跨断白棋?

正解图

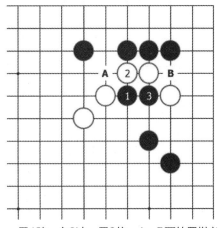

黑1跨，白2冲，黑3位，A、B两处黑棋必得其一。

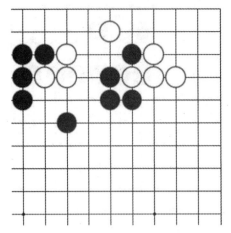

黑先，如何跨断白棋?

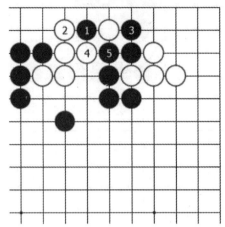

黑1跨，白若2位，黑3位，以下至黑5，白棋被分断。

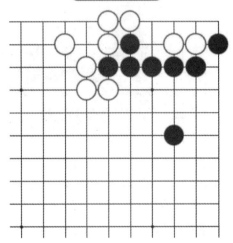

黑先，如何扳断白棋?

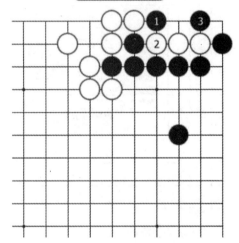

黑1扳，白2断，黑3形成倒扑。

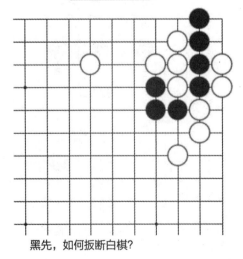

黑先，如何扳断白棋?

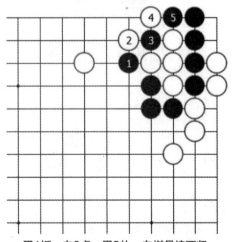

黑1扳，白2虎，黑3扑，白棋是接不归。

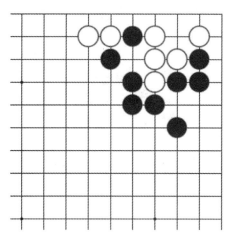

黑先，如何扳断白棋?

正解图

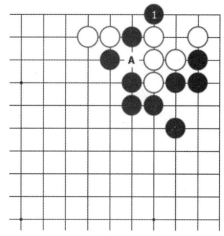

黑1扳，白A位无法行棋，白棋被分断。

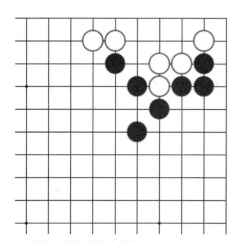

黑先，如何扳断白棋?

正解图

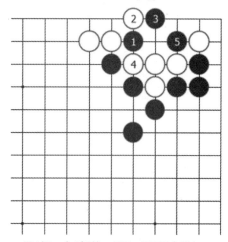

黑1扳，白2抵抗，黑3、5是组合拳。

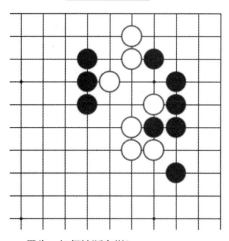

黑先，如何挤断白棋?

正解图

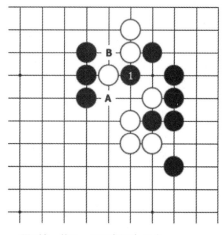

黑1挤，将A、B两点视为见合。

练习题 22

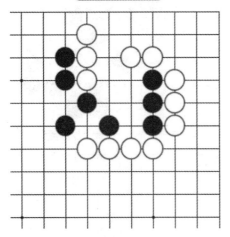

白先，如何挤断黑棋?

正解图

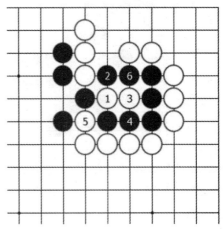

白1挤，黑2打吃，以下至黑6，黑棋是接不归（白7=白1）。

练习题 23

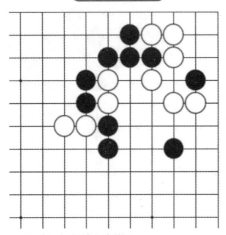

黑先，如何挤断白棋?

正解图

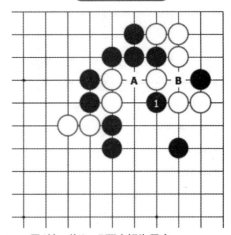

黑1挤，将A、B两点视为见合。

练习题 24

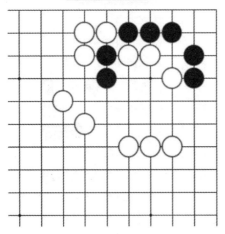

黑先，如何挤断白棋?

正解图

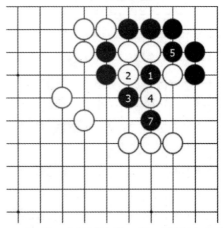

黑1挤，白若2位抵抗，以下形成滚打包收（白6=黑1）。

第四章　选择与配合

一盘棋要想进展得顺利，围绕着联络与分断，要考虑棋形的效率与全局的配合，连贯的行棋思路构成有效的棋形，棋形之间的呼应达成全局的配合。

因此，根据不同的局面进行准确的分析和判断，做出有利于全局的选择，尤为重要。

例题图 1

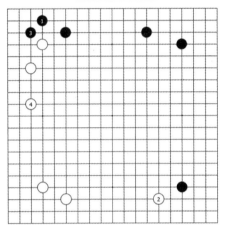

在以前黑1小飞很常见，但AI判断黑1对白棋缺少压力，对方通常都会脱先，白2脱先挂角，黑3尖是黑1的后续手段，但不够严厉，白4位一带拆边即可。

例题图 1-1

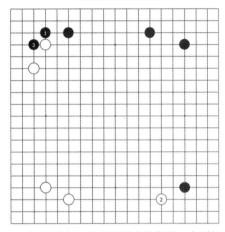

黑1托有督促白棋跟着应的意思，白2若仍然脱先，这次黑3扳很严厉，角部的实利较前图大很多，故黑1时，白棋通常都要跟着行棋。

例题图 1-2

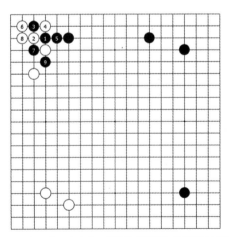

黑1时，白2应，黑3连扳是追求子效的下法，白若4位断吃，以下至黑9，白棋处于低位，结果对黑棋有利。

例题图 1-3

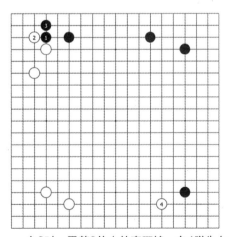

白2时，黑若3位立效率不够，白4脱先占大场。（假设黑先3位飞，白2应，黑棋再下1位就奇怪了。通过调换棋子的位置和次序来判断效率，这种方法围棋术语也称为"手割"。）

例题图 1-4

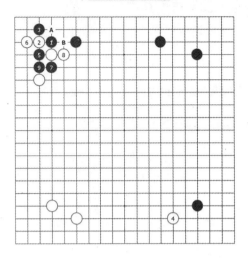

黑3时，白4若脱先，黑5断严厉，以下至黑9，白棋无论走A还是B位，作战都是黑棋有利。

例题图 1-5

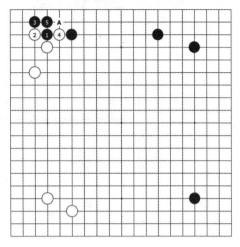

黑3时，白4是正手，黑5粘，下一步白棋是否A位冲下就需要判断局面了。

例题图 1-6

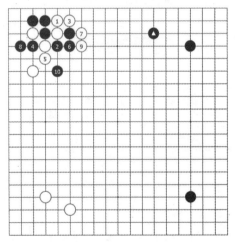

白1冲下，黑2断作战，以下至黑10，因为右上角△黑棋的存在，白棋在上方缺少发展的空间。

例题图 1-7

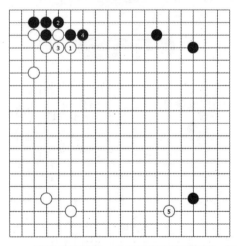

根据前图判断，白棋选择让黑棋联络，把重点放在发展潜力更大的左边。

例题图 2

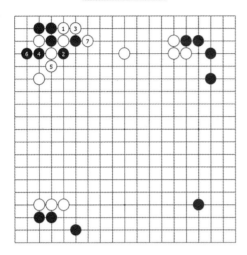

本图的局面白1冲下是有利的选择，黑2断，白3拐，黑4、6活角，白7打吃，白棋连成一片形成模样。

例题图 2-1

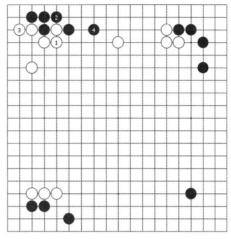

白1粘，黑2、4建立根据地，如此进行白棋虽也可下，但棋被分成小块。

例题图 3

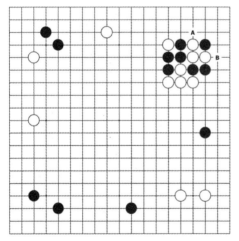

如图的局面，右上角双方正在作战，下一步黑棋要在A、B两点做选择，接下来形成的棋形和方向将影响到全局的配合。

例题图 3-1

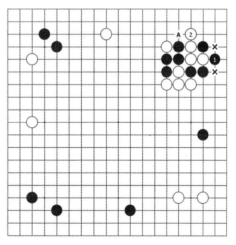

黑若1位打吃，白2长，黑棋有×位两处断点，且白A位后黑棋四颗子气紧，黑棋的棋形效率和配合一塌糊涂。

例题图 3-2

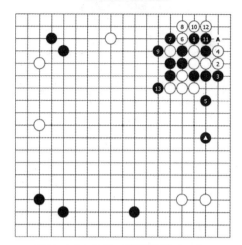

黑1与白2交换后，黑3顺势贴下，白4应，黑5跳正好与边上△黑子形成拆二的配合，白6断，黑7、9先手开花，白10时，黑11粘试探白12或A位的打吃方向，黑13扳头是作战的制高点。

例题图 3-3

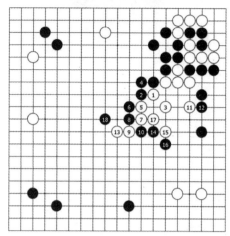

白1扳，黑2连扳紧凑，白3、白4补棋，白5以下双方入腹争正面，黑10断使战斗进一步发酵，以下至黑18，黑棋对白棋一直保持着攻势，形成的势力震慑着左边以及上边的白棋，黑棋全局配合生动。

小结：

棋形效率通常需要结合全局来分析，全局的配合意识更容易判断局部定型的意义和目的。

练习题 1

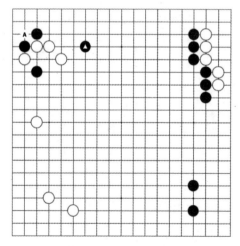

黑先，黑棋如何补A位断点的同时兼顾与△黑子的联络?

正解图

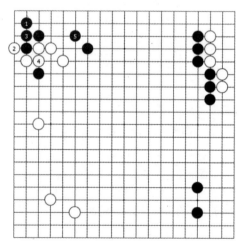

黑1虎，白2、4应，黑5尖与边上黑棋连成一片。

失败图

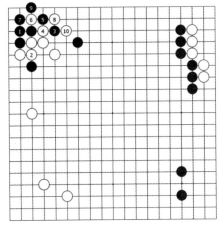

黑若1位粘，白2应，黑3跳时，白4将黑棋冲断。

练习题 2

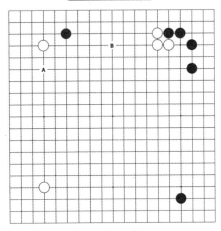

白先，A、B两点如何选择?

正解图

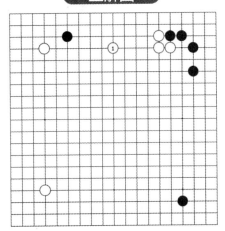

白1兼有拆和夹的作用，容易形成模样。

参考图

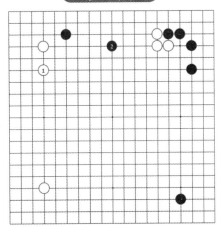

白1跳，黑2同样具有拆兼夹的作用。

练习题 3

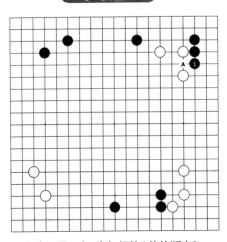

白先，黑1时，白如何补A位的断点?

正解图

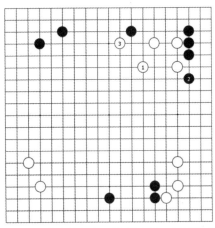

白1高效率补断点，黑2跳出头，白3肩冲压迫黑棋。

变化图

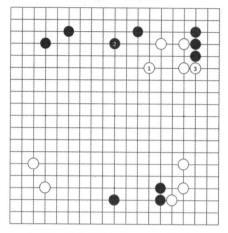

白1时，黑2若守上边，白3挡与右下角配合价值巨大。

正解图

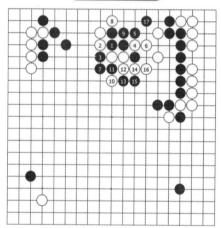

黑棋周围很厚，黑1、3将白棋断开作战，以下进行至黑17，黑棋生动。

练习题5

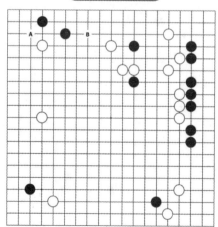

白先，A、B两点如何选择？

练习题4

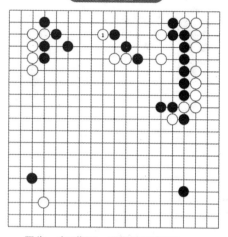

黑先，白1靠下，黑棋如何应对？

失败图

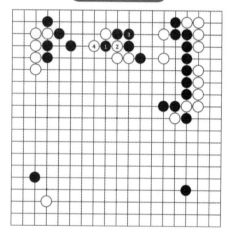

黑若1位扳，白2、4征吃有利。

正解图

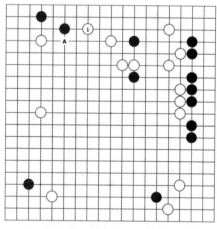

白1夹围地，还瞄着A位盖住黑棋。

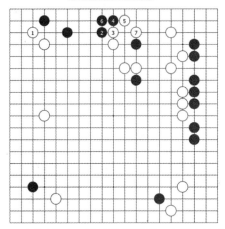

白若1位尖，黑2拆以下进行，白棋右边成效不大。

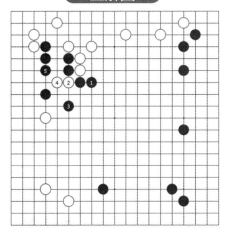

黑1挺头与右边模样遥相呼应，白2若断，黑3以下可将白棋吃住。

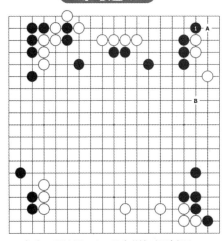

白先，黑1扳，A、B白棋如何选择？

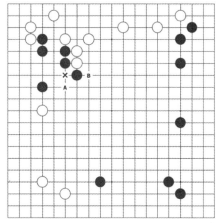

黑先，补×位的断点，A、B如何选择？

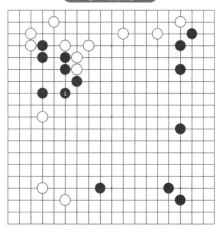

黑1虎是坚实的补棋，在全局配合上稍显保守。

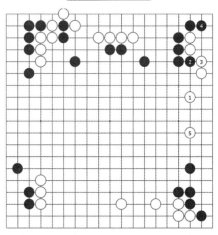

白1飞把重点放在外面，黑2、4时，白5继续贯彻白1的思路。

参考图

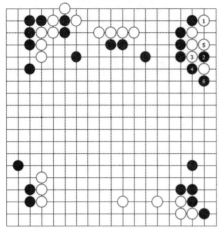

白若1应，黑2跨，右边黑棋形成规模。

练习题 8

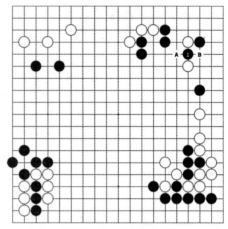

白先，黑1挖，A、B白棋如何选择？

正解图

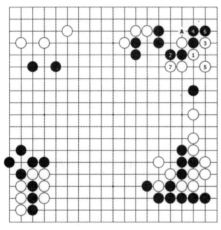

白1、3、5简明，瞄着A位贴，黑6补棋，白7贴起与下方白棋形成配合。

参考图

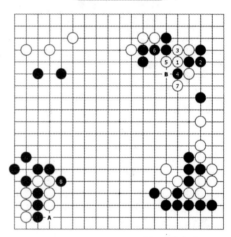

白若1位应，黑2粘，白3时，黑4断作战，白若5、7征吃，黑8于左下角扳，A、B两点黑棋必得其一。